CB080911

À SOMBRA DO CENTAURO
e outros contos

Gabriel Pimenta

À SOMBRA DO CENTAURO
e outros contos

Editora
LETRAMENTO

Copyright © 2016 by Gabriel Pimenta

Editor:
Gustavo Abreu

Revisão, Diagramação e Projeto Gráfico
Nathan Matos

Capa:
João Gabriel Moreira e Gabriel Pimenta

Foto da capa: "J. M. de Casseres (1902-1990)", propriedade de Het Nieuwet Instituut Photo Collection

Foto do autor: Clarissa Verçosa

Este livro foi editado respeitando as novas regras ortográficas.
Todos os direitos reservados.

Não é permitida a reprodução desta obra por qualquer meio, físico ou digital, sendo a violação dos referidos direitos crime punível com pena de multa e prisão na forma de artigo 184 do Código Penal. O mesmo se aplica às características gráficas e editoriais.

Dados Internacionais de Catalogação na Publicação (CIP)
Bibliotecária Juliana Farias Motta CRB7- 5880

P644s Pimenta, Gabriel
Á sombra do centauro : e outros contos / Gabriel Pimenta.
-- Belo Horizonte, MG : Letramento, 2016.
112 p. . ; . 21 cm.

ISBN: 978-85-68275-49-8

1. Contos – Literatura brasileira.2. Ficção brasileira. I. Título.
II. Título: e outros contos

CDDB869.3

Editora
LETRAMENTO

Impresso no Brasil.
Printed in Brazil.

Sumário

Avenida costal, 9
Um tradutor em três momentos, 13
Bom hábito, 27
Valsa, 34
Samba e amor, 38
Decálogo, 43
Telefone, 49
Quase natal, 57
Rinoceronte, 79
À sombra do centauro, 82

Minha visão da realidade é que ela sempre foi um lugar triste para estar,
mas é o único lugar onde você consegue comida chinesa.

Woody Allen

Avenida costal

Um rato
Um rato roendo
O mapa de um labirinto
Sem centro

Os versos abrem uma coletânea de poemas que encontro na mesa de promoções de um sebo. Um por cinco, dois por sete e cinquenta. Eles estão ao sol, não muito diferentes das bandejas de camelô que oferecem capas de celular. Um elemento da paisagem menos agressivo que os cartazes humanos que compram ouro, vendem aparelhos dentários, oferecem cortes de cabelo. O fim do dia passa, inevitável e indissociável do cansaço até a volta para casa e do sono lamacento enquanto janto, lavo vasilhas, escovo os dentes. Durmo com o livro em cima do rosto.

É uma cidade litorânea, de prédios espremidos entre rochedos e o mar sempre escuro, como se as águas fossem impenetráveis. Eu nunca entrei no mar, ainda que em uma ocasião de ressaca tenha sentido o borrifo da água em meu rosto enquanto passava de um ônibus para o outro na Avenida Costal de passeio estreitíssimo. Sempre volto à cidade e sinto estranheza, ainda que transite por ela com a naturalidade de quem foi criado em suas ruas úmidas, entre casarões do Império e prédios brutalistas, sabendo que por trás da viela abre-se um pátio de vila, e na vila há a melhor livraria da cidade, tão mais arejada que as outras, e nela uma cópia deformada de Tom Parreira, sempre a cantarolar seus sucessos (que não existem fora daquela cidade), sempre a se preocupar com o assédio de algum fã que nunca vem.

O centro da cidade é um bairro muito denso, de comércio e residências, esticado ao longo de uma praia de formato côncavo. A extensão dela denuncia que não podemos sair do estado de sonho: quilômetros de areia branca pontilhada por turistas e locais. Chove sempre que tento avançar pelo bairro e me desespero na busca de um lugar para me refugiar. As marquises estão lotadas, o fluxo de pessoas usando guarda-chuvas me empurra. Uma vez tentei me proteger entrando em um prédio antigo – Belle Époque? – cuja placa de bronze na grade circundante nomeava como União Internacional. Logo na entrada, antes mesmo que eu me acostumasse com a penumbra após a transição do exterior brilhante do dia nublado, um homem lapidava um diamante. A contração do seu rosto avermelhado indicou que seria prudente que eu saísse. Obedeci, lamentando que ele não tivesse me dado pelo menos um jornal para que eu me cobrisse. Passei por palmeiras que rompiam a resistência do asfalto e transeuntes que, indiferentes à chuva, buscavam a melhor vista da cidade que, sim, é impressionante.

O dia dura uma ou duas semanas.

O Ariel que aparece é uma cópia fiel. Os mesmos olhos empapuçados, a mesma petulância descontraída que marca nossas diferenças insuperáveis e sustenta a confiança cega que tenho nele. Ele diz que quer me mostrar algo, mas é surpresa. Eu o sigo com dificuldade pelo caminho que começa por trás de um casebre e vai barranco acima, uma trilha invisível pelo mato. Chegamos a um platô, e Ariel para diante da cerca de arame farpado. O terreno daqui pra frente é do Exército, ele me diz, mas está tranquilo porque eles nunca vigiam nada. Passamos por baixo da cerca e seguimos. O caminho é bem menos inclinado. Uma construção, quase um bloco sólido de concreto, com janelas horizontais muito estreitas, marca a posse militar do espaço. É aqui, e Ariel me chama com um gesto. Por trás de uma pedra, a cidade aberta lá embaixo. Praias e rochedos em arranjo barroco, massas cinzentas da nuca dos prédios, navios que esperam para atracar. Ficamos horas conversando e olhando a paisagem, o dia é bonito, talvez muito quente, é verdade.

Volto aos versos no intervalo do almoço, nos momentos entre uma fila e outra.

Estou em uma espécie de porto. Ou em um lugar que imagino ser um porto – a associação provocada pelos contêineres é automática. Não há ruas, mas caminhos razoavelmente largos formados entre pilhas de dez, doze, talvez mais níveis de contêineres cuja aparência é muito real, com arranhões e manchas de ferrugem, Maersk, UPS. Pareço estar sozinho e começa a anoitecer. Deveria sentir medo, mas não sinto. Para além da vertigem natural das realidades inventadas, o píer se move no eixo vertical e o ruído da movimentação dos contêineres é mais grave que agudo. Preciso me encostar num grande bloco de metal azul para ficar de pé. Vejo por uma larga fresta a cidade do outro lado da baía, fulgurante em suas luzes amarelas, tão humildes contra o vulto dos morros escuros.

São menos de cem páginas, mas me demoro.

Ela não envelhece. Ou a impressão que guardo dela não envelhece, dá no mesmo. Sua imagem é um amálgama de dois registros. Um da era heroica de nossa juventude. O outro é o registro atual, feito num encontro fortuito, nós dois no corredor do leite do Mercado Villa Nova, em um dia que não chegou a amanhecer de verdade, vedado pela chuva. Sabrina, que eu nunca aprendi a chamar de Brits como fizeram nossos amigos em comum.

Me aninho entre os seios dela. É um movimento familiar, como se eu, numa cadeira de dentista, fosse uma entidade completamente passiva e ela se debruçasse sobre mim. O fim do rosto para além da minha vista, a curva macia das mamas emoldurando minha cabeça, trazendo calor à minha testa, calor que se irradia pelo meu rosto – começo a suar – e desce, como um transbordamento de piche, para o torso e a pélvis. O início de ereção cuidadosamente disfarçado nas dobras da calça, no movimento discreto de levantar uma perna. Não entendo o pudor em esconder minhas reações se este encaixe do corpo é o que queremos.

Essa memória artesanal vai me acompanhar pelo resto do dia, ainda mais fixa após a tentativa de exorcizá-la aqui. Sabrina permanecerá na cama de uma mansão de madeira e vidro, erguida sobre palafitas – o mar verde escuro rondando a casa feito hiena – no extremo oeste da cidade. Ela é real de um jeito despudorado, imune ao reconhecimento de que é feita de antimatéria das madrugadas. Deixo o livro de volta na banca, bem escondido entre cópias e mais cópias de um best-seller impresso em papel vagabundo.

Um tradutor em três momentos

"Não podia alcançar, homem prático que era, a dessemelhança de sentimentos sob a igualdade das expressões. Porque lábios libertinos ou venais lhe haviam murmurado frases parecidas, quase não acreditava na pureza das que ouvia agora, achava que se devia fazer desconto nas expressões exageradas que escondiam aflições medíocres, como se a plenitude da alma não se extravasasse, às vezes, nas mais vazias metáforas, pois que ninguém pode jamais dar medida exata às próprias necessidades, concepções ou dores, e já que a palavra humana é como um caldeirão fendido em que batemos melodias para fazer dançar os ursos, quando antes queríamos enternecer as estrelas."

(Gustave Flaubert, "Madame Bovary")

01

– Quer dizer então que você é o tradutor, certo?

Mais certo, impossível. O Oscar, que tinha me convidado pra festa, sempre me apresentava como Rubens, o tradutor. Eu consegui imaginar o Oscar falando pra moça, Vou chamar um amigo meu, o Rubens. Ele é tradutor! e o olho ruim dele batendo pro lado, o que acontecia quando ele dava risadinhas, que sempre sucediam as frases mais animadas dele.

– Sim, eu mesmo... Rubens, e você? – O ruído na sala me forçava a falar colado ao ouvido dela.

– Berenice. Eu sou a dona da casa – e sorriu – está gostando?

Eu estava. Era uma festa, quem não gosta de festas? Dois casais sorridentes conversando em pé na cozinha, muita gente com caras felizes na sala, Earth Wind and Fire no som. Melhor do que isso tudo estava a Berenice.

– Claro. Seus amigos são muito divertidos. – Era uma meia verdade. Os amigos dela que eu achava divertidos eram o Oscar e a Milene, que eram também meus amigos. Com as outras pessoas eu não tinha conversado ainda.

– Bem, eu não sou exatamente responsável por isso, mas obrigada! – e sorriu novamente. Ela tinha um cheiro bom, mas não era perfume, nem xampu. Parecia sair dela própria, um cheiro de geladeira nova. Pensei em roçar de leve meu nariz na nuca dela na minha próxima frase, checar se ela estava fria. Caso sim, ela poderia ter estado dentro de uma geladeira. Desisti. Melhor que o cheiro dela era o desenho que ela deixava nas coisas. Uma silhueta para ser eternizada e colocada num museu de arte moderna. Antes de conversarmos, a vi de longe contra uma porta. O espaço ao redor dela, Berenice, transformava-a, a porta, no zênite da carpintaria universal. José e Jesus juntos, recebendo adiantado, não fariam uma porta daquelas. Encostar meu nariz nela só serviria para estragar tudo. Uma formiga esmigalhada pela prensa e colada ao papel no livro da melhor tipografia. Ela subitamente disse:

– Você sabe que seu trabalho será sempre um fracasso, não é?

Se eu não concordasse inteiramente com isso, teria tomado a afirmativa como um soco no pau. O trabalho do tradutor, mais do que converter o texto de uma língua pra outra, é aceitar a ideia de que ele está sempre fazendo um texto novo. Isso é o que a gente aprende no primeiro minuto da faculdade, antes mesmo de saber onde fica a cantina. O que a gente aprende depois é que nosso trabalho é sempre o de piorar o original, ainda que ele já tenha nascido ruim. A gente diz que é arte sobre arte só pra fazer valer o cheque. Um amigo meu superou um câncer só para se matar alguns meses depois ao se dar conta de que ele era na verdade, e inevitavelmente, um piorador de livros.

Ela ficou me olhando. Demorei para decidir se ela estava me desafiando ou apenas fazendo uma observação sensata. Qualquer fosse a opção, ela o tinha feito de modo inteligente. Optei pela observação. Falei:

– Sei. É por isso que eu bebo.

Imbecil. Só alguém muito imbecil como eu para responder com esse comentário digno de comédia na televisão. Ela era um desafio sofisticado e plasticamente perfeito, eu uma versão ruim do Tom Cavalcante. Surpreendentemente, ela riu. Os dentes dela deviam ser falsos. Nenhuma arcada natural poderia ser tão harmoniosa.

– E quem você já traduziu?

Falei alguns nomes, nenhum muito famoso, todos da América do Sul. E um monegasco que escrevia poesias em espanhol. Ela conhecia esse último. Repetiu o nome e segurou meu cotovelo. A mão dela estava muito fria. No mesmo instante, o Oscar fazia sua péssima imitação de macaco pela sala, mas as pessoas pareciam gostar.

02

– Tem alguém aqui? – Ela apontava para um espaço indefinido na areia. Era óbvio que não havia ninguém ali, mas como nós somos seres de boa vontade, além de não lusitanos, perdoamos as perguntas de sentido abstrato que as pessoas fazem.

– Não, não… fique à vontade – respondi, sem tirar os olhos do mar. As ondas, ou a combinação das ondas e o seu barulho aterrador com o sol forte na cabeça e a cerveja, me deixam hipnotizado. Eram minhas primeiras férias de verdade em alguns anos, culpa da vida inglória de autônomo. Com o agravante que elas foram acidentais. Apesar dos anos e das horas curvado sobre originais de escritores hispano-escreventes obscuros, engastando os termos certos na métrica e no espírito dos poemas, lutando contra a inquietude inerente à infinda incompletude da profissão de tradutor, as dores na base da coluna e a repetição de fonemas, o que fez mesmo o dinheiro sobrar foi um acidente. Num dia absurdo de chuva e vento – e aqui penso sobre como a literatura transformou uma possibilidade meteorológica real em um imenso e não recomendável lugar comum –, me encontrei por acaso com o Tomás, ex-colega de escola, que agora trabalhava como produtor de televisão. Ele usava rabo-de-cavalo. Fomos tomar um café protocolar e ele me perguntou se eu ainda tinha meus poemas malditos, como ele chama, guardados. Infelizmente para meu respeito próprio, sim, eu tinha. Ele respondeu que eles se encaixavam como uma luva, de novo nas palavras dele, em um personagem do próximo seriado que ele iria produzir. Programa para adolescentes, o protagonista seria um jovem introspectivo e torturado que à noite ganha superpoderes e tenta conquistar sua amada que mora no alto de uma torre de apartamentos luxuosos enquanto luta contra as forças do Maowl – sim, o vilão se chamaria Maowl, e eu sinceramente não vejo como alguém poderia assistir ao programa sem um sangramento auricular. O ponto é que a emissora planejava lançar uma série de produtos relacionados com o programa, incluindo poemas escritos pelo jovem herói, uma estratégia de crossmedia apoiada pelos órgãos de incentivo à leitura. Meus poemas malditos (ai, meu coração), caso eu aceitasse a proposta, passariam a ser de autoria da emissora, sob a assinatura do jovem herói. Trocamos nossos contatos, o dele num belo cartão colorido com bordas redondas, o meu anotado num guardanapo do café, e em alguns dias meu e-mail estava enfeitado pela proposta mais indecorosa que eu já havia recebido. Porque se publicar aquelas coisas horríveis já seria uma falta de respeito, o dinheiro que eu receberia por aquele sacrilégio então era um despautério sem tamanho. Aceitei antes que a barra de desfazer o envio do e-mail da secretária da emissora sumisse. Agora, um mês depois, com os livros de poemas de Iounan Bravo, o galã de Tempestade Noturna, vendendo feito paçoca, cá estava eu olhando o mar do sul da Bahia numa tarde melada.

O Oscar chegou com mais cervejas. O olho ruim dele já estava batendo para o lado errado de tanto beber – o lado certo é para a esquerda, o que acontece quando ele, sóbrio, dá risadinhas. Antes de sentar ele fez um barulho parecido com um pigarro, que eu sabia ser um sinal para que eu prestasse atenção em alguma coisa importante, mas que ele não poderia enunciar. Sem terminar de virar a cabeça para o lado dele, percebi que a coisa à qual eu deveria atentar era a moça da pergunta. Moça não, evento. Como em um desenho japonês ruim, as ondas pararam seu marulhar infinito por alguns instantes, talvez sabendo da minha dificuldade em parar de prestar atenção nelas. O seu Goldenberg, meu chefe em tempos quase imemoriais, dizia que as mulheres podem ser divididas em três categorias: as bonitas, as lindas e as que te fazem engasgar. Essa era do terceiro tipo, sem dúvida.

O Oscar, sem que eu terminasse minha devida apreciação, começou a se mover atrás de mim. Supus que ele fosse colocar em prática sua incrível habilidade de fazer amizades. Todas as últimas boas festas em que eu havia estado começaram com um convite do Oscar. A outra grande habilidade dele era a péssima imitação de macaco, que eu gostava de chamar de Roupa do Rei, porque ela dividia o mundo entre os sensatos e os que a achavam divertida. Ele agora, andando em direção àquele desafio ao princípio de que a beleza, assim como todas as coisas, tem limite, mostrava mais uma habilidade, a de materializar copos descartáveis. Ele não estava com os copos quando parou ao meu lado. Estava com os copos quando parou ao lado dela. Tudo muito estranho. Ele começou a falar:

– E aí, tudo bem?

– Tudo – disse ela, e sorriu.

– Eu sou o Oscar, aquele ali é o Rubens, meu amigo. Ele é tradutor. Aceita cerveja? – A Terra parará de girar e todas as top-models engordarão cem quilos antes que ele pare com esse costume de me apresentar como o tradutor. Isso serve para que eu me legitime como pessoa aos olhos dele, ou é uma forma de acrescentar uma aura de exotismo que ele gostaria que eu tivesse, ou talvez esses pensamentos tenham sido apenas alguns segundos de devaneio induzido pela cerveja e pelo barulho do mar, que voltara a funcionar sem pedir permissão.

– Aceito!

– Senta aqui com a gente. Você é a... ?

– Teresa.

– Teresa, nome bonito.

Ela se levantou e andou, na minha direção, pelos três metros que nos separavam. Eu podia ouvir a areia agradecendo pela massagem que aqueles pés macios e bem formados faziam. Um menino passou correndo em direção ao mar pelas costas dela. Ela jogou as pontas da toalha estampada com flores e a estendeu ainda mais perto de mim.

Alguém na barraca que nos abastecia de cerveja e peixe frito, dieta básica da semana de férias na praia quase isolada, ligou o rádio. Não desgosto da voz da Ivete Sangalo, mas preferia as ondas.

– Mas então, Teresa, de férias? – O Oscar perguntou, e os dois começaram uma conversa sobre temas triviais, os únicos possíveis quando se acaba de conhecer alguém. Em algum lugar do país, alguma mocinha de quatorze anos poderia estar lendo os versos *bate em meu peito como um aríete louco / e faz de minh'alma puída tão pouco*, e eu fiquei aliviado em pensar que o autor agora era o fictício senhor Bravo. O menino, já no mar, gritou para pessoas que acenavam da barraca. O papo banal continuava ao meu lado, o tema era a própria praia. De perto a voz dela era decepcionante. Teresa se deitou enquanto Oscar falava sobre os problemas de nossa ida de carro até o local. Ela se esticava, a coluna formando uma parábola suave, as pontas acobreadas dos dedos roçavam a areia, o mundo se inclinava para não ficar desconforme sua peça mais bem feita. O mar voltou a ser o único som.

– Languidescer – eu disse. Os dois olharam para mim como se a estátua de Tiradentes finalmente tivesse revelado seu jogo de porrinha. – Languidescer. Esse verbo é seu, Teresa.

– Anh?

– Você – e gesticulei de forma vaga ao redor, tentando juntar a tarde úmida, o horizonte da mata no limite da praia e as gotículas de suor da nuca dela – merece esse verbo. Languescer não, que é ruim. Languidescer – e olhei para ela, depois para o olho ruim do Oscar que batia rapidamente, depois para ela de novo.

– Isso existe? – Ela disse como quem acaba de descobrir a fala.

– Em português, não. Mas pode vir a existir, e se vier, ele é seu.

O Oscar franziu o cenho, que é a atitude mais mal descrita do mundo, e abriu a boca. Fechou-a logo em seguida. O menino passou correndo de volta para a barraca e foi recebido com algumas exclamações alegres.

Descobriríamos mais tarde que no Recanto do Albatroz, a pousada onde ela estava hospedada, haveria sempre um grupo de holandeses bem humorados e o seu Marcos, o dono, estaria sempre lendo alguma edição antiga do Jorge Amado, escondendo seu rosto de foragido bonachão.

03

Eu e o Oscar voltávamos de uma festa, aniversário de algum conhecido dele cujo nome já me escapa. Combináramos que ele dormiria lá em casa para escapar de pagar um preço absurdo no táxi de madrugada. Vínhamos conversando no elevador qualquer coisa sobre as variações de luz no cinema russo contemporâneo ou outro tema tão desimportante quanto. No corredor do prédio, dois homens em frente à porta do meu apartamento. De longe, um deles perguntou:

– Algum de vocês é o Rubens?

– Sim, sou eu.

– Abra esta porta, por favor.

– Por que eu deveria?

Seguiu-se uma conversa já vista antes em algum momento na televisão. Os homens se identificaram como policiais, estavam ali porque um vizinho, que não deixou nome, ouviu gritos no apartamento. Nos disseram que a princípio não havia nenhum problema, mas que seria preciso verificar, nem que fosse só para a papelada. Com medo de cair em um assalto sofisticado, concordei em entrar com eles – de qualquer forma, eles já estavam ali e armados, qualquer resistência seria inútil, como nos cercos da SWAT. Entramos, nós quatro, e tudo parecia normal. As toneladas de papel em seu lugar, isto é, em todos os lugares. Televisão, computador, cama, quadros comprados de mendigos em diversas feiras, cesta de frutas cheia de moedas, luz amarela no banheiro, tapete de fuxico de presente da avó. Os dois homens eram parecidos, altos, cabelo muito curto, quase raspado, nariz achatado. Um deles entrou na cozinha e de lá gritou:

– Vocês dois, parados! Carvalho, vem cá! – de algum lugar de dentro das calças o Carvalho tirou um revólver e apontou para nós enquanto andava de costas para o lugar de onde veio o grito, passando pela escrivaninha que servia de mesa de trabalho e de jantar. Calculei que a ordem de parar permitia entortar a cabeça pro lado e vi os dois ladeando a geladeira. Lá dentro, muitos sacos plásticos baços e, na prateleira de cima, onde deveriam estar minhas caixas de suco de uva, a cabeça de Berenice. O policial que não era o Carvalho pegou o celular e pediu que outros viessem. O Carvalho continuou apontando o revólver pra nós e perguntou:

– Onde vocês estavam?

– Numa festa – eu respondi, enquanto levantava as mãos para o alto em ato reflexo.

– Festa de quem?

– Aniversário do Quim, amigo meu – o Oscar disse com a voz fraca, a vesguice chegando a um ponto no qual eu nunca havia visto, nem nos porres mais homéricos, nem nos momentos de tristeza mais profunda.

– O prédio tem câmera, nós não estávamos aqui. Vamos chamar o síndico que ele te mostra.

– Vamos ter de ver tudo. Vocês são suspeitos, os principais suspeitos, de antemão. Pelo menos uma noite na delegacia, se tudo der certo pro seu lado.

Fomos de camburão para o distrito. O delegado que nos recebeu era um homem muito magro, já idoso, com bigode branco. Pediu que nós preenchêssemos muitos formulários e fez um questionário básico: quando saímos, quando chegamos, onde estávamos, nossa ficha pregressa – a minha vazia, a de Oscar com uma passagem por porte de maconha ainda na adolescência, coisa pequena. Fomos para uma sala de espera. Consta que Hamlet é uma parte fundamental da construção ideológica da modernidade porque foi a primeira obra, ou umas das primeiras, a apresentar o poder como aquela entidade que dispõe do tempo alheio. No caso da peça, por meio das antessalas, onde o príncipe dinamarquês e os demais cortesãos esperavam para conversar com o rei usurpador. No nosso caso, o Estado moderno, a racionalidade e a legitimidade do monopólio legítimo do uso da força se impunham sobre nós nas horas gastas à toa, esperando que outros homens dispusessem sobre nosso futuro, dentro de uma sala de três metros por três, lâmpadas fluorescentes que deixavam as paredes brilhantes, zumbido constante do transformador do poste do lado de fora soando como o coro do tempo, constante até que um dia acabe.

A porta se abriu e o Carvalho entrou.

– Preciso que vocês venham comigo – e a voz dele tinha, por baixo, uma nota de constrangimento. Seguimos pelos corredores da delegacia, por entre mesas repletas de papéis amarelados e copos Lagoinha manchados de café. Em frente a uma porta prateada, o policial parou.

– Eu preciso que vocês me digam se conhecem a vítima. Respondam depois de ver o corpo – ele abriu a porta e gesticulou para que passássemos à frente. Era Berenice, o corpo remontado como naquele cartaz de um filme. É famoso o cartaz, mas do filme me esqueci, não lembro nem o nome. O recinto era frio, havia sacos de gelo no chão. Sobre a mesa o corpo dela imitava a forma que me era tão cara, que me foi tão cara, ainda que só nas duas ou três horas que estivemos juntos. Ela defunta continuava bonita, pensei enquanto fazia força para ignorar os espaços faltantes em suas articulações. Estava nua, como desejei ver um dia, e devia ter sido um dos maiores espetáculos da terra quando viva. Eu e Oscar, escondendo o choro e o susto engasgados, confirmamos quem ela era. Carvalho nos tirou da sala. Do lado de fora outro homem, policial também, nos esperava. Carvalho disse:

– A identificação está ok. Vocês dois vão ter que ficar com o Vander até nós terminarmos de checar o prédio, ver as imagens das câmeras, fazer o levantamento inicial das provas.

Vander era baixo, com cabelos castanho-claros enrolados e um queixo amplo, esticado para os lados. Ele nos levou para outra sala de espera em silêncio e lá rosnou que na mesa do canto havia café, água e biscoito maisena, como se o móvel, quase uma banqueta na verdade, não fosse a única coisa que chamasse a atenção na sala cinza com cadeiras cinzas. De cinco em cinco minutos, ele olhava o celular e só depois de meia hora o Oscar teve coragem de falar:

– Cara, o que é isso? O que aconteceu?

– É, meu velho. Não sei. Não sei se quero saber, até.

Oscar passou a mão sobre a boca no gesto universal de desespero. Pela janela dava pra ver que a noite estava no fim, o azul marinho da noite dava espaço para tons menos sérios. Comemos todos os biscoitos da saleta. Quando o dia começou a clarear, o Oscar estava cochilando em uma cadeira, os braços curtos pendentes ao lado do corpo, a camiseta verde de uma banda que eu não conhecia amassada na dobra entre o peitoral e a barriga. Senti, leve como o vento matinal que forçava entrada pelo basculante da saleta, um carinho paternal por ele ali, ainda mais desamparado e desculpado do que eu. O policial novo pigarreou para nos chamar a atenção. Acordei Oscar com um cutucão nos ombros.

– Vocês são caras de sorte – ele disse sem tirar os olhos do celular. – O delegado falou que apareceu um cara aí com advogado, advogado dos bons, pra levar vocês embora. E na mesma hora pegaram um gringo falando merda numa festinha de universitário, muito doido, dizendo que tinha transformado uma mulher em quebra-cabeça. A cara dele bate com a imagem que nós pegamos da câmera do seu prédio. Estão liberados.

E com um gesto de mão ele desfez a mágica reversa da noite. Na porta da delegacia estavam o Tomás, encapotado dentro de um moletom roxo, o rabo de cavalo guardado no capuz do blusão e um homem de terno e gel no cabelo, obviamente advogado. Estávamos ainda dentro do prédio quando ele gritou:

– Como que acontece uma coisa dessas com você e você não me avisa? – e riu no final. Não perdi meu tempo explicando que não deu tempo nem de catar o celular antes de sair e que foi tudo muito rápido. – Ainda bem que o Aguayo aqui sabe de tudo – e riu de novo. O advogado não moveu um músculo.

Seguimos os dois para um carro, suponho que do advogado. Uma BMW nova, o banco de trás ainda tinha cheiro de couro recém-instalado. A cidade estava mais bonita com o sol nascendo e sem os reflexos azuis e vermelhos da viatura. Pelo que entendi da conversa dos dois no banco da frente, que às vezes o Tomás interrompia para me colocar a par de alguma coisa, Aguayo era o advogado-linha-de-frente da emissora. Em caso de qualquer problema – diretor que bateu na mulher, ator pego em revista antidrogas, produtor retido na imigração com sinal da Interpol na ficha –, ele fazia o trabalho inicial de tirar a pessoa das mãos da polícia e calar os jornalistas. Fomos deixados em um hotel, com o pedido mandatório de não sairmos de lá sem avisar.

Na manhã seguinte, eu e Oscar víamos televisão enquanto tomávamos café no refeitório luxuoso do hotel – pela primeira vez eu comi bacon de manhã sem remorsos sanitários ou financeiros. Na tela, uma foto de Berenice. Uma imagem do meu prédio. Imaginei o que estaria acontecendo agora na minha cozinha. Estaria intocada a ordem anárquica dos objetos na sala? Em seguida, a foto de um homem. Sobrancelhas escuras e grossas, olhos castanho-escuros, lábios mal esculpidos como os de um caule quebrado ao meio por uma criança, cabelos longos cobrindo os lados do rosto. Antes de supor que ele era o suspeito, pensei que era um rosto familiar. A apresentadora do programa confirmou que ele era o detido pelo crime antes de avisar que no próximo bloco teríamos esportes, com Paulo Roberto Falcão. Liguei para Tomás e perguntei se seria problema sair para uma caminhada. Em dois minutos ele retornou a ligação, pedindo apenas que eu não respondesse a nenhuma pergunta, caso fosse abordado na rua. Fui ao shopping próximo ao hotel. Na seção de poesia da única livraria, lá estava a foto de Dominique Belmondo me olhando como o fizera pela televisão alguns instantes atrás. A moldura na porta e outros poemas, de Dominique Belmondo, tradução minha.

Bom hábito

Bem aventurados os mansos, porque possuirão a terra!
(Mateus, 5:5)

Todas as vezes que bebo leite, penso que isso é um bom hábito. Beber leite é um bom hábito. Lavar as mãos é um bom hábito. Pedir a benção aos mais velhos é um bom hábito, que não tenho tido, quase não conheço ninguém mais velho do que eu. Ainda que conhecesse, não sei se pediria. Mas é um bom hábito, sublinhado pela voz do Padre Zé. Engraçado, esse copo de leite gelado é igual a todos os outros por me lembrar da voz calma do padre, o sorriso que ele reservava para todo mundo. É, meu filho, beber muito leite, ele dizia ao passar por nós pelo salão que servia de cantina na escola, é um bom hábito, ele repetia e passava as mãos pelos cabelos daquele de nós que estivesse mais perto.

Uma vez, de molecagem, eu, o Durval e o Lino entramos na sala do diretor. Nem sei o que nós estávamos procurando além de confusão. Acho que era só pra contar vantagem pros outros meninos. A ousadia irrefletida das crianças. Numa gaveta, o Durval achou uma pasta que tinha a ficha de todos os professores, em ordem alfabética, começando pela dona Angélica que cuidava dos meninos menores e mancava de uma perna. Passamos uma por uma, com o coração na boca de medo, e no final o Lino perguntou, cadê o Padre Zé? Será se é porque ele é padre? Fiquei sabendo que o Lino acabou sendo vereador e morreu tem pouco tempo. Câncer. Mas aí olhamos de novo e foi um tesouro. Padre Hilário Giuseppe Sudamericano Fontana. Na época, esses nomes diferentes eram mais comuns, é só olhar o meu, mas Hilário é Hilário. Na primeira aula depois da nossa excursão, no primeiro minuto da aula, enquanto o Padre Zé ainda fazia a conferência de quem tinha aparecido ou não no dia, o ar ainda denso de orvalho, eu gritei, ô, pessoal, o nome do Padre Zé é Hilário! E a meninada riu alto. Riu de chacoalhar a barriga, batiam o pé no chão, acordavam as rolinhas e maritacas que saíam voando assustadas. A escola tinha um quintal com mangueiras, um espaço aberto que se esticava até o rio. Eu fiquei olhando pro padre, já esperando um puxão de orelha. Ele ficou olhando pra turma, as mãos nos bolsos e o corpo se esticando para trás e diante, ritmado. Ficou calado até a turma se calar também. No final, o silêncio era como se fosse de madrugada ainda. O Padre Zé passou a mão pela careca, suspirou e perguntou, quem disse isso?, e eu levantei o braço. Ele veio, segurou meu pulso de leve e me levou até onde ele estava. De frente para a turma, a expressão de pavor de cada um deles me dava certeza de que aquele era meu fim, o padre iria me bater, o diretor iria me expulsar e meus pais iriam fazer os dois, e antes de o padre abrir a boca eu já tinha certeza que meu destino era ser o Juca Marreco, que andava pela cidade vestido num saco de aniagem e comia fruta do chão. O padre cruzou os braços e falou, o colega de vocês fez um anúncio divertido, não é? Eu também penso assim, e quando ele disse também o som aberto no final denunciou o sotaque que não esquecíamos, ele seguiu, meu nome é muito engraçado. Meu papá não sabia falar a nossa língua e me deu esse nome sem pensar muito. Por isso que gosto mais que vocês me chamem de Padre Zé, porque meu nome é Hilário Giuseppe, e Giuseppe é o nome de José, pai em terra do nosso senhor, do jeito que minha família falava. Agora, todo mundo, cinco corridas em volta da escola, pra começar. Eu ia começar o pique, o disparo mais aliviado da minha vida até então bastante curta, quando senti a mão dele no meu ombro. Você, ele disse enquanto se agachava, eu tenho de conversar com você. Ele olhava bem nos meus olhos. Um olhar fixo, mas nada ameaçador. Hoje me parece muito mais um olhar que está pedindo para que sua franqueza seja compreendida do que qualquer outra coisa. Ele tinha olhos azuis muito claros, e disse eu sei que foram você e dois colegas que entraram na sala do senhor diretor. Eu pedi para que vocês não fossem castigados, porque vocês são crianças. Mas escute aqui o que eu digo, filho – do meu pai eu não ouvira e nunca ouviria a palavra filho dita com tanto afeto –, não se meter onde não é chamado é um bom hábito. É o melhor dos hábitos, entendeu? Agora termine a corrida junto dos seus colegas, vá, vá. Eu corri muito.

A rotina na escola era assim, duas vezes na semana o Padre Zé colocava a turma pra fazer exercícios antes da aula. Não chegava a ser uma aula, e só depois de adulto eu fui pensar que ele não era bem um professor. A escola era municipal, e ele era padre mesmo, que dava as missas na igreja pequena. Na igreja grande, do Pombal, quem dava a missa era um padre gordo que botava medo em todo mundo. Mas antigamente era tudo mais simples, devem ter chamado ele pra fazer aqueles exercícios com os meninos porque gostavam dele. O seu Eduardo, dono da botica, era quem fazia as consultas médicas, e na época das festas juninas todo mundo fazia vista grossa pra Joana, que depois eu descobri que era a cafetina, tocando sanfona na praça. Dançar todo mundo dançava. Coisa de quando o mundo tinha pouca gente.

À medida que eu fui crescendo, descobri que o Padre Zé tinha lá um jeito dele. Ele ficava vermelho quando bebia nas quermesses de um jeito que só os muito velhos ficavam, e nessas vezes ele ultrapassava o sorriso de padre e ria de verdade, uma gargalhada boa de se ouvir, que ele tentava esconder colocando a mão na frente da boca. Uma vez, quando eu já estava grande o suficiente para passar a noite em um velório, vi o padre correndo pela rua. Deu um pouco de medo até, porque eu já estava impressionado com o defunto no meio da sala, branco de cal, e escutei o barulho vindo do lado de fora, em uma hora que nem coruja piava. Ele passou, alto, de calça comprida, trotando no meio da rua. Depois ele me disse que fazer exercício era um bom hábito para quem trabalhava sem fazer força que nem ele. Na época, eu queria que a Maria Lúcia fosse minha namorada, fui lá fazer companhia pra ela e ajudar os pais nas coisas de velório. Hoje eu lembro quase nada da Maria Lúcia, mas lembro bem do tio dela, um homem de cara larga, esticado em cima da mesa da sala. Lembro bem do padre, mais fantasma que tio Eleutério, vagando no meio da rua.

Na época, qualquer velório parava a cidade. Mais porque não se tinha nada para fazer por lá, um roção danado. De lá até aqui era um dia inteiro de jipe, se não tivesse chovido na semana anterior. Hoje dão cinco horas de carro, e diz o

Marquinhos, meu irmão, que já fez em quatro. Mas o Marquinhos não vale, ele é meio doido. Capaz de fazer em cinco horas pilotando aquela colheitadeira dele. Uma máquina de impressionar, anda sem piloto até, orientada por satélite. Fico imaginando como o pessoal da nossa infância iria reagir a uma colheitadeira moderna. Aquele povaréu, nascido, criado e morrido mexendo na terra com as mãos. Um ombro mais baixo que o outro de tanto carregar enxada. Fica até um pouco difícil não romantizar as coisas, é essa manhã que nasce bonita, era aquele pessoal simples até a rapinha da alma, era eu criança ainda, tudo em formação. É fácil apagar os problemas olhando para trás, mas seria desonesto dizer que eles eram os mesmos. Não eram. Os problemas e as soluções daquela vila perdida no oeste eram muito mais simples do que os de qualquer um aqui nessa cidade. Olha ali, o sol não deve ter chegado na Vila Leopoldina ainda e já vem um rapaz com jeito de carregar a culpa do mundo no bolso da frente da camisa. Lá na minha roça não tinha disso. Se tivesse, resolvia tomando pinga, dando tiro pro alto e dormindo uma noite no hotelzinho do seu Moreira. Diziam que quando o seu Moreira tinha sido policial aqui na capital, ele tinha matado uns quatro. Lá, eu acho, não tocava nem cachorro, mas todo mundo baixava a cabeça quando ele tentava falar grosso. Fico pensando como ele dava conta de aparecer nos lugares, porque a delegacia ainda não tinha carro e ele não andava a cavalo.

Meu pai andava a cavalo. Minha mãe também, mas não gostava, dizia que ela não tinha o que fazer na rua pra ficar zanzando, ela falava assim, zanzando de montaria. Que bobagem. Com a minha idade a minha mãe parecia ter uns dez anos a mais. Dez não, mais. Até uns vinte. Pra quem está na lavoura, o sol não é brincadeira. O Marquinhos tem de agradecer de joelhos que ele vive numa época em que colheitadeira tem até ar condicionado. Eu também. Ar condicionado no carro, no escritório, no shopping. O Padre Zé ia ficar maluco da cabeça com essa quantidade de ar condicionado. Quando nós terminávamos de correr, ou de pular corda, ou de fazer o exercício do dia que ele fazia com a gente, ele pedia para que nós respirássemos fundo. Respira o ar do dia, sente o ar fresco, ele dizia com os erres de matraca, este é um bom hábito, é o melhor hábito!, e às vezes ele até levantava os braços de prazer em sentir a manhã entrando no corpo dele, o arrepio dos pulmões gelados esticando os nervos até a ponta dos dedos. Eu adorava o cheiro de terra de beira de rio daquela hora. Acho que hoje os meninos de lá sentem cheiro de fuligem de canavial quando fazem isso. Ou sentem cheiro de filtro de ar condicionado, se é que existe um Padre Zé para dar bons conselhos para eles.

Tenho medo de soar como o velho que sou. Quem ainda toma leite puro de manhã e procura por passarinhos no amanhecer de São Paulo? Só um velho sem nada pra fazer que nem eu. Mas há algo de bom em ser velho, que não consigo dissociar do Padre Zé e suas falas que traziam experiência tumular. Velho é quem tem a paciência de cultivar bons hábitos, como o de não se meter na vida dos outros. Vejo que hoje toda vida é muito pública. Que me importa, por exemplo, que o rapaz do rosto preocupado venha voltando pela rua, trazendo um galão nas mãos? Nada. E que ele esteja despejando um líquido azulado, talvez por reflexo desse sol bonito da manhã no próprio galão, em cima de um carro e no asfalto ao redor dele? Nada vezes nada. E é por isso que eu saio da janela, porque ser enxerido não dá em nada, e quem me dera se houvesse um senhor Hilário Giuseppe Sudamericano Fontana por janela lembrando isso a todos, especialmente agora que eu escuto muito barulho vindo de lá de fora enquanto eu pego mais um copo de leite. Bem gelado.

Valsa

"Je sais, il y a la vie privée, mais la vie privée, elle est boiteuse pour tout le monde. Les films sont plus harmonieux que la vie, Alphonse. Il n'y a pas d'embouteillages dans les films, il n'y a pas de temps morts. Les films avancent comme des trains, tu comprends? Comme des trains dans la nuit. Les gens comme toi, comme moi, tu le sais bien, on est fait pour être heureux dans le travail de cinema."

(Ferrand, le réalisateur – "La Nuit américaine")

É um exercício. Um mapa inútil em tamanho real ou o melhor cenário de papel machê jamais feito. Podemos andar pela cena congelada. A primeira vista nos revela um quadro de classicismo irresistível. Na varanda do casarão à beira mar, no começo da madrugada, um casal se beija. As mãos dele ao redor da cintura dela, enrugando o tecido roxo drapeado. Os dedos finos dela sobre o largo ombro direito dele. Os lábios se tocando sem vestígio de língua. A ondulação nos longos cabelos da jovem – são jovens e bonitos – remete à constante brisa marítima, ao vento morno que molda a vida nas bordas do Oceano Índico, aos movimentos ondulados e mansos como o sabor das especiarias que sobem para Áden em jangadas com vela de pano e marinheiros cor de chocolate, fios brilhantes como o reflexo do sol nas águas do cais em Zanzibar. Há ainda algo em seus olhos que pode ser como a feminina Malaca, por onde todos devem passar se dali, da grande lagoa índica, querem sair.

Um guarda-corpo de mármore esculpido margeia a varanda, servindo de cerca inofensiva da mansão do embaixador, proteção simbólica das taças de cristal e toalhas de linho branco – puro algodão do Sinai, garantiu o caixeiro – contra efeitos do vento constante e do vapor salgado da praia. Se pudéssemos ver o interior do casarão pelas portas fechadas às costas do homem, apreciaríamos um baile animado por quarteto de cordas. Não há nada na cena que não evoque elegância. É o alinhadíssimo fraque preto que combina com a gravata argêntea, é a sua pose empertigada de cavaleiro papal.

As vantagens de sermos entes fantasmagóricos, invisíveis e errantes, é que a primeira vista não é a única. Sequer é a melhor. No canto, parado na pose inconfundível do vilão que anda em silêncio, vemos outro homem, tão bonito quanto o que já vimos. Ele está atrás do pedestal de uma estátua equestre, cujas quatro patas no solo indicam vida militar e morte pacífica. Os traços elegantes do homem não escondem sua expressão de ódio, transmitido pelos músculos que podemos sentir retesados por baixo do smoking, rijos até a pequena pistola que ele segura. Gostamos de acreditar que essa estranha capacidade de flutuar por entre situações dramáticas não é dada para pessoas burras, então deduzimos estar em uma cena de amor secreto e ciúmes, pouquíssimos momentos antes de se tornar o local de um crime.

Uma voz tonitruante diz: *motu* (Supomos uma auréola triangular).

Uma onda morna de sons chega: primeiro a dos beijos da dupla apaixonada, depois uma valsa empoeirada de dentro da casa e por fim as ondas de verdade, distantes, repetitivas.

O homem armado anda rente à estátua, sua roupa de linho roça a pedra. Ele se ajoelha vagarosamente. O retorno do movimento é como o cadáver de um pássaro escondido em um campo de trigo. Vemos então que o homem armado está suando e que o casal refestela-se lubricamente. E geme.

Com medo de nos movermos agora já que os outros também podem fazê-lo, instalamo-nos num canto confortável da sacada de onde será possível ver o desenrolar dos fatos. A moça agora movimenta uma das mãos, a que não vimos antes, sobre o pênis de seu companheiro. O homem armado faz mira, e podemos prever que o tiro atingirá a têmpora de seu rival e sairá do outro lado da cabeça. O impacto espalhará pelo primeiro metro de praia pequenas pelotas de uma mistura de ossos e cérebro, além de um raio de sangue, e é provável que a contração muscular resultante do impacto o faça ter uma ejaculação pós-morte que ultrapassará a seda de sua cueca, as calças de lã fria e chegará, quente, nas mãos de sua amiga.

O tiro está pronto. O homem armado hesita. Para firmar as mãos? Por motivos ocultos? Por necessidade? Abrem-se dois pontos inconclusos: por razões que não sabemos e talvez nunca venhamos a saber. Do pedestal da estátua sai um rato. Cinza, feio, sujo, bastante rato. Ele para recostado ao joelho do possível atirador. Está acostumado aos desvarios da sacada da mansão. Nos seus poucos anos de rato, ele já acompanhou um senhor de bigodes brancos que vinha todos os dias ver o mar e bebia até perder a consciência. E não se importava, pois os negócios que os homens conduzem à distância são de pouco interesse para ele, para seus companheiros de espécie, para as ondas. O amigo rato também foi testemunha do começo de uma conspiração que derrubaria um presidente do outro lado do grande lago em frente à casa. E vez por outra ele vê casais como aquele, que aproveitam as distrações de dentro da mansarda para breves sessões de coito, e até de remanso pós-coital, à luz da lua.

O atirador em potencial vê o rato e dá um gritinho (parênteses necessários, gritinho, ridículo, é a única definição possível para o som). Sentimentos mais primitivos que o ódio de ver seu meio irmão e sua noiva se esfregarem. Mais uma vez perspicazes, – a voz que pausa e acelera a realidade está distraída, olhando para um buquê de flores ou meditando sobre a existência – adivinhamos que o casal poderá ouvir o susto. Reagem ambos olhando para o lado onde o homem armado agora tapa a boca, confirmando que durante as emergências todos nós temos sempre a reação mais infantil e imediata.

Ela tenta esconder as mãos de modo desajeitado, sem se preocupar com o vestido amassado ou a alça pendente, que puxa para baixo um pedaço de pano e revela os instantes iniciais do seu seio direito. O homem apenas vira-se para o lado do ruído. Não fosse o som do mar e da nova valsa que põe para dançar os envelhecidos membros da elite local no salão, poderíamos supor que o mundo está novamente congelado. Mas agora, não temos mais vontade de ver o que acontecerá.

Samba e amor

(...)
Quando por algum motivo
a roda de água se rompe
outra máquina se escuta:
agora, de dentro do homem;

outra máquina de dentro,
imediata, a reveza,
soando nas veias, no fundo
de poça no corpo, imersa
(...)

(João Cabral de Melo Neto, "O relógio")

Irene e Mário se conheceram nas aulas do pré-vestibular, ambos parte do pequeno grupo de pessoas que pretendia cursar Ciências Atuariais. Não se pode dizer que eram completamente diferentes um do outro. Tinham, além do futuro curso, algumas preferências e gostos em comum, como macarrão semipronto no copo, filmes sobre assassinos em série e o costume de usar pantufas dentro de casa o que, contudo, não chegava a aterrar o caudaloso rio que separava a personalidade deles. Ela era exuberante com seus cabelos muito negros e o nariz charmosamente aquilino, tinha amizade em círculos endinheirados, podia se dar ao luxo de ser fútil sem assomos de consciência pesada. Ele era o paradigma do médio. Nem rico nem pobre, nem bonito nem feio, nem elegante nem maltrapilho. Sorvete de creme, Havaiana branca da tira azul, carro 1.0 prata. Entabularam, ainda nas aulas do cursinho, algumas conversas sobre as matérias a estudar e quais eram as expectativas para o futuro. Foi um prelúdio da amizade que não chegaria a se concretizar, mesmo depois de aprovados para a mesma turma da faculdade.

Após seis meses de ensino superior, eram unidos pelos vínculos tênues das redes sociais e pelo ódio rapidamente adquirido das intermináveis aulas da arte de se aposentar bem. Ela, como estava escrito no livro de ouro do universo que alguém como ela faria, foi estudar alguma coisa relacionada à estética de produtos numa faculdade particular. Ele voltou para o circuito casa-cursinho e ao fim do ano era aprovado para estudar Geologia, curso que veio a ser sua real paixão.

As cortinas se fecham. Um rapaz efeminado de fraldão e asas com pena de ganso passa margeando a ribalta com uma placa de papelão: três anos depois.

A madrugada caminhava como um bancário rumo ao trabalho, sem o sobressalto dos terrores noturnos ou a explosão das celebrações. Mário dedicava a noite à sua atividade favorita: *flâneur* informático. Passava por perfis de antigos colegas de colégio, verificando se alguém teria ficado noivo ou grávida, via um ou outro esquete cômico, enfim dedicava-se com afinco ao mais absoluto porra nenhuma. Após uma breve visita à cozinha, de onde voltou com mais um copo de Coca-Cola e um pacote de biscoitos recheados, viu uma atualização. Irene Saldanha dizia "Madrugada com

De Palma e Chico Buarque. Home alone :(". Ele sabia que uma série de constatações poderia ser ordenhada a partir desses cinquenta e quatro caracteres (com espaços).

A primeira de todas foi comprovar, após breve especulação pouco metódica, de que gente que começa a estudar estética, moda, publicidade, desenho, essas coisas, fica imediatamente pedante – pensamento que eu devo admitir que não é vazio de mérito. Não existe traço mais irritante para o cidadão comum, essa pessoa ouvinte de rádio FM e com boleto bancário a quitar, do que a mania de achar que é o grande arqueólogo da MPB e que, simultaneamente, todos os filmes devam ser conhecidos pelo sobrenome de seu diretor.

A segunda constatação era a de que essa declaração de solidão fazia sentido, afinal Irene havia discretamente mudado o estado civil constante na página eletrônica, de casada para enrolada, e de enrolada para um estimulante campo não preenchido nas semanas anteriores. Coisa que só se percebe com muitas horas de pesquisa virtual da vida alheia e que, mais importante, levou à terceira constatação, a de que Irene não costumava ficar solteira.

Ela havia mudado após o começo do curso novo. Estava, para dizer como ela diria, menos plástica. Ligou-se à terra, à música local, mas manteve a capacidade sólida de não se manter só. Mais que isso, de se relacionar exclusivamente com um tipo muito peculiar de homem: jovens de três a quatro anos mais velhos do que ela, donos de Golfs ou Audis A3, fãs de música eletrônica e trabalhadores da área de administração de empresas do ramo de esportes. Coincidência ou não, gênero quase antípoda ao de Mário. Mário e sua uma discreta, ainda que flácida, pancinha. Mário, dependente da benevolência familiar para pegar emprestado o carro popular ainda na vigésima parcela. Mário, o herói anônimo, soldado desconhecido e sem estátua das constantes batalhas cotidianas, como passar o tempo nos engarrafamentos ou encontrar promoções em sites de compra.

Raramente ele havia agido por impulso na vida. Uma briga e um pulo de roleta, só. A trinca de ideias, revolvendo entre os dedos, serviu de fagulha em seu estopim lúbrico. Irene já tinha servido de inspiração para alguns momentos de intimidade, especialmente naquele semestre terrível de retorno ao cursinho. Mário, cachorro sem fé, lei ou rei diante do portal escancarado da igreja, terminou de engolir a massa de Bono com Coca-Cola e disparou a mensagem:

– "Madrugada com De Palma e Chico Buarque. Home alone". Sério?

Seguiram-se alguns instantes de tensão real, como poucas vezes ele havia sentido. Um caminhão de gás temporão passou alardeando o Pour Elise. Ele cogitou amaldiçoar-se por todo o sempre - todo o sempre, que para alguém na metade inicial dos vinte anos é até o próximo mês, mas o garoto merece, sejamos bons – pela insensatez. A caixa de diálogo lampejou: Irene está digitando. O som distorcido do piano já virava a esquina e soava como as trombetas da salvação. Ela respondeu:

– Sério : (

– Que chato :/ . Pelo menos a companhia é boa, rsrsrs

– Verdade.

– Qual filme do De Palma?

– Missão Impossível – ela não era tão inescrutável assim, afinal.

– Prefiro a música.

– Nossa, o Chico é demais.

A vida presenteia a todos com um grande lance de sorte. Para alguns esse lance é um bote salva-vidas. Para alguns, errar a sala da entrevista e ser contratado para um cargo muito melhor do que o esperado. Para outros, um prato de comida. Para Mário, um lampejo.

– Eu tenho algumas coisas a ver com o Chico.

– Ah é?

– Claro…

– O quê, por exemplo?

– Eu também faço samba e amor até mais tarde.

Novos momentos de espera. Irene voltou a digitar:

– Rua Clemenza, 88. Com direito a sono de manhã.

Decálogo

I

As tempestades de areia não eram comuns por aqui, ele me explica enquanto descemos o morro, eu protegendo meus olhos com as mãos e cerrando bem os lábios, ele com o rosto virado na direção do vento, acostumado com a sensação de lixa, *até uns quatro ou cinco anos atrás não acontecia isso, tudo começou depois que o velho morreu. Acho que teve alguma coisa a ver com ele, sim, o velho era fogo. Dizem que na língua dos índios o nome dele queria dizer Aquele que Cospe Fogo* e ao dizer isso ele aproveita a proteção de uma grande rocha que marca o limite entre o morro e as bordas da cidade para olhar para mim e eu reparo que as extremidades de seu rosto, como as da pedra, são carcomidas: as orelhas quase em carne viva, a ponta do nariz disforme. O caminho até o hotel é envolto por uma massa amarelada e indissipável.

II

"(...) o nivelamento do relevo provocado pela intensificação da atividade mineradora na Serra do (ilegível) retirou a proteção natural da região contra as massas de ar oriundas do sul. Como resultado, houve alteração nos ciclos microclimáticos da região estudada, cujas evidências principais estão na redução dos níveis de umidade e elevação das médias da Escala de Beaufort nas unidades de registro meteorológico – de 2 para 4. Estudos posteriores devem averiguar quais os efeitos dessas mudanças para a flora (...)" (HAIDER, 19 (ilegível)).

III

– Como eu ia dizendo, essa história é crendice, coisa desse povo burro que mora aqui.

Foi a última frase em que consegui prestar atenção. A conversa já não estava das mais interessantes depois que o senhor Vaduz começara o discurso de desprezo aos seus concidadãos, e eu viria a descobrir que era seu assunto preferido. O que captou minha atenção foi uma forma decididamente feminina, apesar das muitas camadas de tecido que os habitantes locais usavam ao sair às ruas. Após sentar-se, ela começou a se despir, véu após véu. Tinha os cabelos castanhos e ondulados, olhos cor de mel, nariz curvo, mas não agressivo. Fez um sinal com as mãos, sem dizer palavra, e recebeu de volta um copo de água. Era a única mulher no salão decadente do hotel, e eu o único forasteiro. Pedi licença ao senhor Vaduz e fui ao banheiro. Como esperado, ele engatou uma conversa com o conhecido do balcão e na volta me esgueirei junto à parede e me sentei ao lado dela.

IV

– Você sabe que isso é só uma tentativa de fugir dos seus problemas, não sabe?

– Sei.

– E ainda assim você quer fazer isso? Fingir que não há nada a ser resolvido aqui. Escapar de mentira, como uma criança que tampa os olhos ao brincar de esconde-esconde.

– Melhor que isso: me afastar por tanto tempo até que todos por aqui esqueçam que eu existi. Me tornar primeiro uma ausência, depois uma lembrança borrada, depois um fantasma e depois sumir.

– Você é um babaca.

– Eu sei.

– Babaca.

E saiu, não sem antes me atirar na cara o café. Ainda bem que já estava frio.

V

"As tribos do vale apresentam um nível mais rudimentar de complexidade em seus mitos cosmogônicos. A guisa de comparação, os povos do planalto vizinho, em registros feitos no interregno entre o desenvolvimento dos métodos etnográficos modernos e a ocupação da região pelas correntes migratórias contemporâneas, apresentavam narrativas complexas, com referências familiares cruzadas. Os povos do vale, por sua vez, no mesmo período, ainda sustentavam narrativas de analogias diretas (...)" (ZANFORLIN, 18 (ilegível)).

VI

Dubai. Ulan Bator. Phoenix. Nouakchott. Al Asad. Iquique. Itaúnas. Las Vegas. Cartoum. Ouagadugu. Oklahoma City. Praia. Lampedusa. Salt Lake City. Timbuktu. Qinghai. Este amontado disforme de casas construídas como se pela convulsão de cegos na madrugada.

VII

No quarto, ela pareceu bem menor sem os véus amarelados, echarpes estampadas em preto e branco e o pesado sobretudo cinzento. Ela me disse que seu nome era estrangeiro, que eu não saberia pronunciá-lo. Vi sua carteira enquanto dormia, na identidade constava Natália. Acho que ela viu enquanto eu mexia em sua bolsa, mas não reagiu. Deve ter feito o mesmo enquanto eu dormia, um sono pesado, sem sonhos. Conversamos sobre o quarto do hotel e os azulejos antiquados no banheiro, sobre Vaduz, que segundo ela foi o primeiro policial local de verdade. Antes os assuntos locais eram resolvidos pelos conselhos de um ancião. Ela se despediu depois de ver uma mensagem no celular. Fez uma expressão curiosa, de quem lê algo que pode ou não ser compreensível, mas cuja impressão traz à tona uma rejeição atávica, como a dos cheiros de comida podre.

Passei em claro o resto da noite, vendo a areia comer as esquadrias da janela. O prédio da frente. Um hospital que sumia e reaparecia na névoa sólida e em constante movimento. Já pela manhã, o homem do balcão estava em seu posto, firme como o mastro de um galeão.

VIII

Você está perdido? ele me pergunta com as mãos em concha ao redor da boca, e eu agito os braços de um lado para o outro acima da cabeça, incapaz de falar, vem comigo, eu te levo pra cidade e me puxa pelo braço, a mão firme como um torniquete ao redor do meu pulso, rumo ao sopé do morro, e no caminho, enquanto ele me conta sobre as mudanças do lugar, penso que eu poderia estar morto não fosse a aparição mágica daquele homem, que me abandona na porta do hotel e segue um caminho que eu nunca saberei onde termina.

IX

Minhas malas estão prontas, empilhadas ao lado do ônibus. Resisto ao ronco ensurdecedor e ao cheiro de dióxido de carbono como um soldado. Ela prende o choro, olha para o chão sujo de palitos de picolé e guardanapos usados para não me olhar nos olhos. Ela suspira e diz:

– Me promete que volta.

– Vou pensar. – A camisa cujas manchas de café não saíram de todo está na bagagem.

X

Depois de cinco semanas e cinco dias, voltei. Tinha uma fome sem limites e a impressão de ter conhecido todos os cantos obscuros do mundo. Senti-me seguro de volta à cidade, mesmo em meio aos ladrões e trombadinhas e pivetes;

ao mesmo tempo, estava imbuído de um respeito a eles que martelava minha consciência, dizendo para que me mantivesse longe. Resolvi ir à casa de meu pai.

Telefone

– Meu Deus, por quê?
– Nem Deus sabe o motivo.
– Deus é bom.
– Mas não foi bom pra mim.
(Aldir Blanc e Sílvio da Silva Jr., "Amigo é pra essas coisas")

Durante alguns meses da minha vida, fiquei dividido entre duas boas opções de vida. Viajar por quase um mês ou comprar um telefone daqueles bonitos, pretos, de disco. Nos tempos decentes, telefones eram pretos e geladeiras eram brancas. O que eu queria era feito dum material que parecia nácar, mas fosco e mais barato. Sensato, optei pelo telefone, deixando de lado o exotismo branco e aparentemente sem fim dos salares bolivianos e as ondas gigantes ao sul de Arequipa. Não o atirei pela janela naquela manhã, valor real e sentimental às favas, por causa de seu peso.

Eram seis ou sete horas, domingo, um desses horários que só existem no sentido de volta. Nada começa num horário desses, ainda mais um telefonema. O toque agudo enchia o quarto, uma só rajada do som durava minutos. Virei o corpo de lado, puxei o fone para o lado da cabeça, e fiquei ouvindo. Eu não ia ser o primeiro a quebrar o silêncio, o infeliz do outro lado, destruidor de sonos, que se dignasse.

Um intervalo breve, mas suficiente para que minhas pálpebras pesassem novamente, até o primeiro sinal.

Sons de grunhidos. Era tudo que o calhorda conseguia dizer. Peguei o relógio no outro criado. Eram seis e quarenta. Não me lembrava, e, inclusive, não me lembro, da última vez que tinha sido acordado naquela hora, em contraposição às muito frequentes ocasiões, ainda que embaçadas por uma nuvem etílica, dos dias em que fui me deitar já com o raiar do dia. Uma fala, finalmente.

– Alô. Alô? – Era o Mota. A voz anasalada no final, a palavra mais simples do mundo repetida em dúvida. Outras pessoas poderiam me ligar nesse horário, me acordar só pra me lembrar que eu era um filho da puta. Me avisar que eu esqueci as calças em algum lugar. Mas o Mota não, pelo menos não depois da minha primeira mudança de cidade. Antes disso era bem capaz de eu esquecer as calças na casa dele. Aliás, vir vestido com as calças dele, e nos encontrarmos só pra chamar o outro de filho da puta, sem destrocar as calças, daquele jeito jocoso que só uma amizade masculina aceita. Mas distância é distância, hoje ele só faria alguma coisa dessas se fosse uma emergência. Pensei em responder, mas só consegui um grunhido, abortado por mais sons do outro lado. O sol começava a refletir no parapeito das janelas do prédio em frente, uma iluminação difusa, até bonita, não fosse a hora.

– É... hmmm... é... – não só era o Mota, como ele devia estar ansioso. Péssimo sinal. Além das crises de falta de ar, seu nervosismo podia muito bem indicar mais uma crise de consciência. Daquelas que ele tinha sempre que o carnaval chegava perto. Eu recém-saído do serviço militar, ele comemorando o vestibular que o dera folga até agosto, fomos passar a Segunda Gorda no sítio de um primo dele, que prometeu cerveja gelada e mulher. Havia esquecido de avisar que, apesar de gelada, a cerveja era péssima, e as mulheres estavam todas vigiadas pelo resto da família e um casal de amigos do tio. Chegamos às dez e meia, e já ao meio-dia pensávamos em ir embora. Ele sugeriu que déssemos uma volta antes, pra esfriar a cabeça do emputecimento. Um belo passeio carnavalesco a caráter. Ele de Príapo, uma rama de louro na cabeça, berinjela dentro da sunga e só; eu de policial, capacete, óculos escuros, cassetete e short. Acho que por se chamar Pátroclo, o Mota sempre teve uma atração inconsciente pela Grécia. Ele só revelava o primeiro nome para os muito amigos. Nós dois vestidos de forma muito apropriada para uma festa de família, a propósito.

Não havia muito em Casa Branca pra curar irritação. O lugar hoje ainda é um buraco do buraco, distrito de Brumadinho, que já é a cidade mais feia da região. Casas de final de semana das famílias remediadas, uma ou outra chácara dos mais abastados, uma praça que serve de centro, onde os caseiros, cozinheiras e outros arrebentados da vida vão gastar o salário bebendo pinga. Descendo em direção ao córrego, um pagode cantado apenas por vozes femininas chamou nossa atenção. Eram umas cinco, talvez um pouco mais velhas que nós, embriagadas já, tentando acender uma churrasqueira. Me ofereci pra ajudar, elas riram e apontaram pro dote falso do Mota, entramos os dois e fomos ficando. Farofa de ovo no almoço, cerveja boa. Uma delas, meio gordinha, rompeu as risadas tímidas e perguntou se aquilo era de verdade. Ou nunca tinha visto um, ou era aquilo mesmo que nós pensamos. O Mota abaixou a sunga e deixou o legume cair. A tarde passou rápido depois disso, quase que um filme velho de comédia, com pianinho ao fundo e pessoas correndo de um quarto pro outro.

Já escuro, eu dormindo no sofá, me vem ele fedendo a cerveja seca e genitais, falando que tinha de estar em Belo Horizonte na terça. Porra, deixa disso, deita aí. Não, tinha de estar e pronto. Catei o short e saí, tropeçando nas pernas – minhas e outras – e nos móveis, um breu desses que hoje em dia nem em roça se vê mais. Passamos por uma casa onde um grupo de velhinhos cantava Bandeira Branca e fazia aquela dança meio estúpida de quem não consegue mais se mexer, com os dedos pra cima. Só quando passamos pela praça é que vi que o Mota estava com uma saia florida, mal arrumada por cima da sunga, o volume da berinjela lá de novo, e o galho de louro pendurado atrás, pendendo da bunda.

No sítio do primo dele, todos dormiam. Abrimos a porteira devagar, com os movimentos calculados de quem quer disfarçar a embriaguez e falha completamente. Ele destravou o freio de mão e empurrou o Monza 87 chumbo pelo declive. Saímos em disparada assim que o carro pegou. No caminho, ele começou a falar que tinha de chegar antes do sol, senão o feitiço acabava. Patinava nas curvas, o carro saindo com a traseira na beira dos morros, um urro de motor que deve ter acordado todos no caminho, e a cantilena do feitiço não acabava. Na subida da serra que liga Casa Branca ao resto do mundo, o carro inclina pra direita, feito quando se passa de lado num quebra molas, e a diferença de tração faz com que saiamos da pista. Ele parou e nós descemos pra ver o que era, apesar da falta de luz. Aquele foi um daqueles carnavais em que a tensão ronda até o folião mais sedente, com o céu coberto de nuvens dispostas a chover a qualquer momento, pintadas em tons de roxo apocalíptico à noite. O pisca alerta ligado mostrava e escondia, repetidamente, um homem deitado quase no meio da estrada. Ao seu lado uma garrafa de cachaça das mais vagabundas, as calças rotas e a camisa grená com um traço de pneu sobre o peito. Do lado, os ossos das costelas eram pontas esbranquiçadas que rompiam o tecido. Comecei a caminhar na direção do corpo, mas senti a mão do Mota no meu ombro. Entramos de volta no carro e fomos calados até a minha casa, ou quase, porque umas duas vezes ele ainda balbuciou algo sobre o feitiço, sei lá que raio de feitiço era esse. No dia seguinte, demos uma vistoria no carro, nada avariado. Trocamos o pneu por precaução, e com isso o número que uma das meninas no sítio tinha anotado na minha mão ficou ilegível. No telefone, sinal de vida.

– Alô... é o Fontoura? – Sim, apesar da hora, do ódio e do fone que começava a pesar na minha cara, era eu. Respondi que sim, apesar de não ter soado muito melhor que o grunhido, e ele prosseguiu: – É, Fontoura... tudo bem?

Infinitamente filho da puta. Quem liga pra alguém num horário desgraçado desses tem que ser arrastado por um cavalo, ter a casa demolida e o terreno salgado. Ou criar um filho coroinha. Se o Mota tiver um filho, vou fazer de tudo pra que ele vá a igreja todo santo domingo agora, talvez até acorde pra levar o moleque, só pra me vingar desse telefonema. Mas o Mota nunca pergunta se está tudo bem. Desde que eu o conheci, só perguntou uma vez.

A Amanda, mulher dele, é uma coisa linda. Eles se conheceram um pouco depois que nós nos formamos, nunca guardei a ligação entre eles, mas acho que ela é prima de um colega do estágio dele na época. Eu me mudei bem nessa época. Só fomos apresentados na época do noivado. Ela tem um porte aristocrático, alta pra uma mulher, muito branca. Me surpreendeu puxando papo em alemão quando eles fizeram uma recepção para os amigos, na casa da família dela. Eu tinha aprendido um pouco no colégio e ela falava como quem cresceu fazendo buracos nas praias da Pomerânia. Já em português, ela me contou sobre a vida e eu quase não prestei atenção, vidrado que estava em seu movimento distraído com o colar de pérolas, indo e vindo, colo e decote. Fiquei um tanto pasmado, mas feliz pelo Mota. Encontrar uma moça daquelas, ainda mais com a vida pregressa dele, se equilibrando entre sibarita e dependente de ansiolíticos pra dar bom dia, não era coisa fácil. O resto da noite passou com conversa sendo jogada fora.

Encontrei com Amanda na padaria, dois dias depois. Tinha ido tomar café e comer algo, não queria encher o saco do tio que me hospedou nem fazer feira pra ele. Ela estava comprando queijos, alguns parentes iam à casa dela mais tarde. Chamei-a para sentar e conversamos sobre o encontro anterior, os amigos em comum que começávamos a ter, assuntos dos mais mundanos. Era ainda de manhã, ela vestia calça de moletom e camiseta, e estava com o colar, cuja ponta chegava na altura dos mamilos. Descobri que ela se chamava Ana Amanda, mas ignorava o primeiro nome. Ela disse que o achava reles, exatamente essa a palavra. Respondi que era bonito, apesar de que a junção era mesmo pouco sonora, em uma concessão importante. Ela me convidou para que fossemos à casa dela, e saí ainda mastigando o pão com queijo. O cheiro de gordura quente ficou nos meus dedos e preencheu o carro, mas ela pareceu não se importar.

Fodemos no quarto dela. Ela apoiada na escrivaninha, a bunda levantada no jeito certo. Vantagens de mulher alta. Passamos quatro horas no quarto. Durante o sexo, ela só falou uma coisa, pra que eu tivesse cuidado com o colar, foi quando eu agarrei o cabelo dela, de um loiro escuro bonito. Na hora de sair, demos de frente com o pai dela, a quem fui apresentado como – um nome qualquer, Osvaldo – alguém que havia esquecido a carteira que ela tinha guardado no armário.

Dois dias depois, o Mota convida para uma cerveja. No bar, ele chega atrasado, senta sem falar. Encho seu copo e ele me pergunta, lívido, se está tudo bem. Respondo que sim, e retorno a questão. Ele pergunta de novo. Respondo de novo e decido não insistir. Ele então começa um monólogo, neurastênico, sobre o noivado. Amanda estava estranha nos últimos dias e ele não conseguia deixar de acreditar que ela pensava em desistir do casamento. Pedi mais uma cerveja, que veio com a garrafa baça de tão gelada, e continuei sem perguntas. O discurso prosseguiu, em círculos, sobre como ela estava mudada, e por isso devia pedir para terminar o noivado, agora que já estava tudo comprado para o casório, e agora que já estava tudo pronto, ela estava pensando em romper, e por isso estava estranha. Uns vinte minutos depois, num intervalo, disse para ele se acalmar. Se ele estava ansioso, ela também estava, era normal, casamento era coisa séria e dava insegurança mesmo. A cor voltou, ainda que aos poucos, ao rosto do Mota. Não sei o que ocorreu na cabeça dele, mas ele se levantou, deixou dinheiro, bem mais do que o necessário para pagar o que eu havia bebido, pôs a mão no meu ombro e perguntou de novo se estava tudo bem. Respondi mais uma vez que sim, e ele saiu. No casamento, mandei um telegrama, e só voltei a encontrar com os dois juntos meses depois do meu retorno definitivo, o que também demorou pra acontecer. No telefone, nova manifestação.

– Fontoura? – Esperei então pelo pior. Um tiro que sairia pelo fone e sujaria a parede com minha consciência espatifada. Ou a dele. A serpente da remissão desdentada.

– Sim, sou eu.

– É... desculpa. Queria ligar pra minha mãe, nem sei porque disquei seu número. Sei lá – gaguejou. – Me passa seu endereço, estou pensando em te fazer uma visita.

Quase natal

(...)
Boneca de pano é gente
Sabugo de milho é gente
O sol nascente é tão belo
(...)
No país da fantasia
Num estado de euforia
Cidade polichinelo
(...)
*(*Gilberto Gil, "Sítio do Pica-Pau Amarelo")

01

– Ô, Dona Débora, – a voz do porteiro tem justificáveis notas de surpresa – tem um moço aqui pedindo pra subir pro apartamento da senhora. Tá falando que chama Cristiano.

– Coloca ele no fone pra mim, por favor, Seu Malaquias.

Ela ouve sons de botões e a voz do porteiro ecoar no aquário de vidro iluminado pela televisão.

– Oi, Débora.

– O que você quer, Cristiano?

– Não precisa dessa hostilidade, Débora. Eu acabei de chegar de viagem e esqueci minha chave em algum lugar, não encontrei um chaveiro e achei que você pudesse me ajudar. – A estática e a respiração dela se misturam no fone. O porteiro olha com desconfiança para o homem que surgiu da esquina mais escura, na contramão dos jornaleiros e vigilantes motorizados. – Vamos lá, Débora. Me ajuda, é quase Natal.

– Você sabe que eu nunca gostei do Natal.

– Sim, sei. Não esperava mesmo que você fosse mudar. Então, me ajuda, está chovendo.

– Tá. Chama o Seu Malaquias.

– Oi, Dona Débora.

– Pode deixar subir.

– Tem certeza, Dona Débora? O síndico falou que a polícia falou que...

– Tenho, é um conhecido meu. Pode abrir.

– A senhora é que manda.

O porteiro aperta o botão vermelho, que abre o portão de vidro, e sem tirar os olhos do homem que ainda respira com pressa, se levanta e abre o portão de grades, ainda que o pudesse fazer por meio do botão azul. A autoridade de guardião reiterada pelos olhos nos olhos. Na televisão, um pastor de testa suada anuncia que a redenção está próxima.

Débora espera que do corredor do prédio venha o som do elevador. Ele demora. Ela se distrai com a dublagem do seriado na televisão e abre a porta às pressas.

– Oi – Cristiano está encharcado. A camisa polo cinza se estica como um pano de chão em uso sobre seu peito, as calças produzem pequenas poças.

– Oi. Entra aí. Vou pegar uma toalha pra você. Pode tomar banho se quiser, o Duda deixou umas roupas aqui que podem te servir.

– Tá. Brigado, viu? De verdade. Minha cabeça está cada vez pior, não faço ideia de onde deixei a chave. Não duvido nada que daqui a pouco o hotel me liga pra dizer que achou mais alguma coisa.

Débora, no quarto, pesca roupas no fundo do armário. Cristiano vai para o banheiro. Os policiais de sotaque carioca postiço falam e dão cotoveladas em bandidos de óculos escuros e bigodes, para ninguém. Ela deixa uma pilha de camiseta, cueca e bermuda na banqueta do corredor e vai para a cozinha. Escolhe uma taça no armário, coloca do lado da sua, já vazia, e tira uma bandeja da geladeira. Cristiano aparece fantasiado de alguém vinte e cinco anos mais jovem.

– Ficaram boas em você – ela diz, olhando para a estampa de bolinhas. – Vocês têm o mesmo tamanho. Inclusive, o Duda está...

– Na casa da Levana. Ele me falou. Nós conversamos pelo telefone, ele sempre me liga pra contar as coisas. Engraçado, achei que a família dela não comemorasse essas datas.

– Acho que não comemora. Ele me explicou, é só uma festa que acontece hoje, não uma festa de Natal. Acho até que ele ia tocar para os convidados.

– Melhor que Roberto Carlos.

– É.

– Pois é. Você já conheceu a menina?

– Já, eles vieram aqui algumas vezes. Ela parece uma boa pessoa, trabalha com crianças. É bonita até, apesar de ser quase da altura dele.

– Sério?

– É.

– Puxa vida. E esse rango aí?

– É pra você. Pra nós. Fizemos uma reunião de fim de ano do escritório aqui em casa, sobrou isso.

– Pra mim é uma ceia mais que suficiente – e Cristiano sorri para Débora, que sorri de volta, ainda que constrangida pela naturalidade com que ele atravessou a cozinha na direção dela para encher seu prato com o risoto de lula e castanhas.

Ela enche as taças em silêncio e os dois se sentam no sofá da sala, separados por uma almofada verde musgo.

– Você demorou a chegar aqui em cima – ela diz enquanto mexe a comida com o garfo.

– Aconteceu um negócio estranho no caminho – Cristiano toma um gole de vinho antes de continuar. – Eu chamei o elevador e quando ele chegou apareceu um cara, ele devia ser da idade do Duda, que me encarou e me disse pra eu não subir. Achei até que fosse um namorado seu, mas se fosse alguém você já teria me falado, não é? Pedi licença e o menino ficou me olhando, bem nos olhos, e falou mais uma vez, por favor, não suba. Tudo muito esquisito, me falando isso do nada.

– Como ele era?

– Hm, da minha altura, cabelo castanho, branco. Estava de branco também. É alguém do prédio?

– Essa descrição está bem vaga, não sei de ninguém assim no prédio. Podia ser uma visita. Mas ele falou mais alguma coisa?

– Não.

O sofá é um velho conhecido dele, única companhia fiel dela. Ele apoia o prato no colo e come com pressa. A conversa morre enquanto os policiais da televisão desbaratinam um cartel de drogas de um país vagamente latino-americano. Ela alterna pequenos goles de bebida e garfadas miúdas e interrompe o que seria o fim da taça, assustada com alguém que grita na rua. Ela se inclina devagar até a janela e é seguida por Cristiano, pálido. "Você vai me deixar falar? Me escuta! Me escuta!". O homem grita dentro de um Kadett quase da mesma cor do vinho chileno que eles bebem. O carro tem a pintura queimada no teto.

Cristiano põe a mão no ombro de Débora em um gesto automático. O motorista derrapa ao manobrar o carro, quase acerta a lixeira do prédio ao lado, vira para o lado oposto de onde veio e sai em disparada. Passa direto pela placa de parada obrigatória, "Eu estou indo praí agora.", ainda é possível ouvir à distância

– É, noite feliz a desse aí... – diz Cristiano.

– É por isso que eu não gosto dessa época do Natal, você sabe.

– Sei. Sei bem.

– Os problemas das pessoas continuam, mas todo mundo se sente pior pela obrigação de estar feliz, de gostar da família. É uma merda.

– Eu sei, Débora. Foi só uma brincadeira.

– Eu também sei que foi só uma brincadeira, mas eu não podia deixar de comentar. Fico imaginando o perigo que esse coitado representa para quem está andando na rua, só porque ele supostamente está quebrando o espírito de união da semana.

Cristiano se levanta para reabastecer o prato. Da sala, Débora escuta ele acender a luz da cozinha, da área e as pequenas lâmpadas da coifa. Ele volta com outro prato cheio. O celular dela vibra, ela se estica até o móvel de centro e pega o aparelho com cuidado.

– Olha aí, é o Duda – ela lê a tela do telefone. – Me mandou uma mensagem para dizer que a Levana fez questão de desejar boas festas, eles vão ver se conseguem passar aqui amanhã ou depois. Muito simpático da parte dela. Acho que daqui a pouco você vai receber uma igual.

– É.

Cristiano não se move para apalpar o bolso, sequer o repôs no bolso esquerdo da bermuda emprestada, deixando um vazio que parece o de um prédio histórico que desaparece do dia para a noite. Ele olha para o corredor que leva aos quartos, estica a cabeça para a cozinha.

– Cristiano, eu quero que você seja bem sincero comigo, como você já foi algumas vezes. Essa história da chave é mentira, não é?

Ele suspira fundo, sem fechar os olhos, e concorda. Mais treme a cabeça do que assente.

– Você pode me contar a verdade?

– Eu ando tendo um sonho estranho, Débora – a voz é baixa, quase não supera a distância do tapete. – Começou tem um tempo. Do nada, no meio de um sonho normal, aparecia uma menina. Coisa de filme, sabe? Uma menina toda vestida de preto, olhando pra mim. No começo, o sonho continuava e ela ficava em algum canto, me olhando. Depois eu comecei a sonhar com lugares vazios nos quais eu ia andando até encontrar com ela. Nesses dias piorou. Assim que eu começava a dormir, ela aparecia. Eu nem conseguia ver onde estava, só enxergava ela na minha frente. Comecei a ficar com medo de que ela aparecesse pra mim enquanto eu estivesse acordado.

Débora começa a se ajeitar no sofá, mas Cristiano agarra seu pulso com força.

– Não me deixa sozinho, por favor!

– Calma, Cristiano, eu estou aqui com você.

– Desculpa, Débora, eu não tinha quem me ajudasse – ele funga, ela sabe que o choro está preso entre o peito e os olhos, forçando a saída. – Tem dois dias que eu não durmo. Eu vim a pé porque a garagem lá do prédio é escura e eu não tive coragem de ir até lá. Não me deixa sozinho.

A chuva diminui e a televisão anuncia que a seguir os espectadores acompanharão as aventuras de dois aventureiros em uma terra cheia de mistérios. O interfone toca, um apito contínuo que faz Débora e Cristiano pularem no sofá. Ela sente a mão dele como um torniquete em seu braço.

– Pois não, seu Malaquias? Oi. Oi? Alô? – Débora coloca de volta o fone no gancho e o aparelho volta a tocar. Os dois se entreolham como em um programa infantil ruim. – Nós vamos ter que descer.

Cristiano aperta ainda mais os dedos e a chuva para. Lentamente o apartamento é ocupado pelo eco da festa de algum vizinho, as risadas e a música abafam a televisão. Débora consegue arrastá-lo lentamente em direção à porta.

– E se ela aparecer aqui, Débora?

– Ela não vai aparecer, pode ficar tranquilo – ela responde, certa de que um homem daquela idade deveria ter vergonha de ficar com medo de crianças fantasma. Mas o medo existe nas rachaduras do que é explicável.

Ela abre a porta, acende a luz do corredor, finge que confere o local para garantir a ausência de entidades sobrenaturais e puxa Cristiano. O elevador está a dois passos.

– E se o homem do elevador aparecer de novo? – Cristiano pergunta com os olhos baixos, evitando a janela que dá para os fundos do lote e o mosaico escuro do quarteirão de trás.

– Você mesmo não disse que ele estava saindo do prédio?

– Não.

– Não? Mas você não falou que quando você chamou o elevador o homem estava lá dentro? E que quando você entrou e ele saiu do elevador em direção à porta?

– Sim.

– Logo, ele deve ter saído.

– Deve. Não sei.

No elevador, Débora ganha um bracelete do suor de ambos onde a mão aperta. Os sons da festa de algum prédio vizinho somem.

O pequeno saguão do prédio está iluminado pela névoa azul da televisão e o pastor continua a falar. Eles andam em direção à portaria e encontram Malaquias caído sobre a mesa de controle, a maçã do rosto pressionando o botão do apartamento 402. Cristiano solta o braço de Débora e se debruça sobre o porteiro.

– Não consigo ouvir a respiração dele. Tenta você.

Débora se ajoelha ao lado da massa inerte. Coloca o rosto perto da máquina do interfone e tenta chegar o ouvido perto do nariz do porteiro. O gesto desconcertado faz com que ela encoste a orelha na maçã do rosto do homem. Débora se levanta em um pulo.

– Ele está gelado – ela diz enquanto olha para o chão, como se atacada por um acesso de timidez infantil. Cristiano permanece imóvel, colado à parede da guarita. Débora procura onde o telefone da portaria, balança a cabeça de um lado para o outro sobre a mesa que agora parece uma planície. Abre as gavetas e acha um aparelho velho, sem qualquer fio, na última delas. Ela se vira e estica os braços na direção de Malaquias.

– O que você está fazendo? – pergunta Cristiano, a voz competindo com o chiado alto da televisão que saiu do ar.

– Não sei. Todo mundo tem celular hoje em dia, não? A gente precisa chamar um médico.

Cristiano sai de seu canto e arma as mãos para bater os bolsos do porteiro, revirá-los como um policial, mas para no meio do curto caminho.

– Ele já está morto. Não adianta termos pressa.

Débora se afasta do corpo e o olha com olhos semicerrados que beiram o carinho.

– Então o que nós vamos fazer? Vamos procurar ajuda?

– Sozinho eu não saio.

– Nem eu.

– Vamos tentar chamar alguém no prédio. É só tirar ele de cima daí e chamar pelo interfone.

– Eu não vou encostar nele. E acho que você também não.

Cristiano alisa o queixo em silêncio. O chiado que vem correndo da esquina em direção ao prédio anuncia a volta da chuva, mais pesada que antes. Débora abre e fecha a boca, mastigando o que pensa em falar.

– Nós podemos... – e balançou o pé em direção à cadeira, sinalizando uma vaga intenção de empurrá-la.

– Não – e o gemido de Cristiano é antes uma reprovação moral do ato do que uma consideração sobre qual seu objetivo. – Quer dizer, não sei. E se a polícia precisar que ele fique como está?

– Nós podemos contar a história para a polícia depois, agora eu só quero alguma ajuda.

– É.

Os dois ficam parados, observando. Do lado de fora, a chuva é sem raios, quase um bloco. Cristiano fecha os olhos, recua o pé esquerdo para servir como apoio e acerta a coluna de sustentação da cadeira. As rodas se descolam do chão e a estrutura em forma de asterisco esbelto gira. Malaquias cai com os ombros no piso e o estrondo abafado de um saco de aniagem no porto. A luz vermelha da máquina de interfone se apaga.

Uma motocicleta passa devagar pela rua, seu farol mal ilumina um braço à frente. Débora pensa em pedir ajuda ao motorista, mas desiste.

Cristiano se debruça sobre a mesa. Aperta o botão que chama no apartamento 101 e a campainha ecoa fraca até a guarita. Aperta de novo. O som se repete e ninguém atende. Ele tenta o 102. 201, 202, 301. O botão do 302 está quebrado, no lugar há apenas um pino que, se pressionado, não faz o contato que sinaliza chamada.

– Pode pular o meu andar, o pessoal da frente está viajando.

Ele recomeça pelos apartamentos do quinto andar e segue até o nono e último. Débora e Cristiano olham para Malaquias, como se ele pudesse se levantar, limpar a saliva da pequena poça do chão que começou a manchar sua camisa e dizer o que fazer naquela situação.

– Nós podemos pegar seu carro.

– Eu não desci com a chave.

– Não tem problema. Assim, depois a gente vai ter que consertar o vidro e a ignição, mas eu sei como fazer ligação direta.

– Sabe, é?

– Sei. Aprendi depois que a gente separou. Depois explico – ele responde sob o olhar suspeito da ex-esposa.

Eles atravessam a entrada, passam pelos vasos de plantas de plástico e a decoração natalina pendurada com durex no caminho até a garagem. Ela o puxa pela mão para entrarem no grande salão cujas luzes se acendem somente quando se chega ao ponto em que o sensor registra o movimento, acidentalmente localizado bem no meio do recinto. A claridade mostra a garagem vazia e sendo lentamente invadida por poças d'água que vêm da rua. O carro de Débora não está lá.

Eles olham ao redor. O único veículo no lugar é um Voyage semiabandonado. Débora anda decidida até o carro, quebra a janela dianteira do passageiro e diz:

– Agora é sua vez.

Cristiano se estica pelo buraco e abre a porta do motorista. Débora acompanha sua volta e o trajeto que ele faz de um lado a outro do carro, até se sentar e arrancar um pedaço do eixo abaixo do volante. Ele desencapa dois fios e tenta gerar contato enquanto pisa no acelerador. O ronco do motor eclipsa o som da chuva do lado de fora.

– Cristiano, cadê o controle do portão?

– Não sei. Tem como abrir no manual?

Enquanto Débora pensa, um grito ecoa na direção da portaria. Cristiano acelera e derruba o portão, o carro derrapa no pequeno declive até a rua e sai pela noite. É possível que tenha havido algo observável pelo retrovisor.

A filha de Eduardo e Levana nasceria oito meses depois.

02

– Faz pra mim um desses de abacaxi. Pode caprichar na vodca – o bartender preenche o copo com gestos cronometrados, mas Eric ainda sorri para ele. A esperança é a última que morre, mesmo quando o bar das batidas é um poleiro de abandonados.

– Faz dois, por favor – o bartender, braços longos, cavanhaque esculpido com mousse, tatuagem de balão no pescoço, atende ao pedido como um robô. Eric não desmancha o sorriso para procurar a companhia de escolha e encontra uma moça de cabelos castanhos jogados para o lado, se esticando em meio arco para pegar o copo.

– Está bem gostoso, escolheu bem.

– Eu sei. É meu terceiro ou quarto – ela diz enquanto se senta no banco alto, os saltos prateados se encaixando sobre a barra da bancada.

– Depois do quinto então fica delicioso. Não que eu já tenha passado disso. Mas fica. Mas pode passar. Porque. É.

Ela ri para dentro da sopa alcoólica de fruta doce.

– Entendi, tá tranquilo. – A banda toca o solo inicial de Suíte 14 e braços se levantam na pista como uma onda, os assovios e gritos acobertando o esforço do cantor. Eric se encolhe dentro do paletó.

– O pessoal gosta bastante dessa música, né?

– Gosta, e se você está tentando puxar papo comigo, você podia arrumar um assunto mais interessante, né?

– Desculpa.

– Relaxa – ela estende a mão livre, o esmalte azul apontado para o peito de Eric como uma baioneta. – Prazer, Thaís.

– Legal, Thaís. Thaís, né? Eu sou o Eric. E desculpa mesmo, eu não sei ficar calado.

– Você parece gente boa, não precisa. Se você fosse babaca eu já tinha levantado e ido embora. – Eric sorri e Thaís também. Ele esconde atrás da própria perna a ponta do sapato mal engraxada. Uma senhora inchada dentro do vestido rosa circunda os dois como um satélite até descobrir que é mais útil caçar o bartender do outro lado, perto da mesa de doces em forma de tapete imperial.

– Bem, obrigado então. Um brinde?

Eles batem os copos de plástico transparente e, no fundo do salão, o cantor tem um vislumbre de como seria sua carreira se ele tivesse feito as escolhas certas para não acabar cantando em duas festas por noite de fim de semana. Um par de garçons carrega terrinas devastadas de volta para a cozinha, desviando-se de alças de bolsas, fios elétricos fixados com durex e senhores que não veem a hora de voltar da obrigação social e descontar o atraso do sono que já passa de duas horas. Somente as crianças pequenas, que aproveitam a oportunidade rara de poderem ficar acordadas até muito tarde e correm atrás umas das outras sem objetivo definido além do contato acidental, escapam de certa viscosidade que cobre as superfícies, mancha o toque, embola as palavras.

– E aí, parente da noiva ou do noivo?

– Nenhum dos dois. Eu trabalho com a Yáskara. Mudei pra cá tem uns dois meses. Antes estava na filial, agora vim pra cá. Ela convidou o escritório todo, sabe.

– Sim.

– Pra ser sincero eu nem conheço ela muito bem. Ela é do grupo de vendas, eu fico na parte interna. Mas convite é convite, todo mundo ia estar aqui, achei que não seria legal faltar. E no mais, eu vou ter de passar o Natal aqui e ninguém da minha família se dispôs a vir, então.

– Que chato.

– Estava chato, então eu resolvi que eu vou encher a cara hoje e amanhã e trabalhar no Natal de ressaca. Não fique com dó de mim – o sorriso dela tem a abertura daquelas pessoas que conseguem se divertir sozinhas.

– Então, tudo bem. Mais dois pra nós? – Thaís assente e Eric sinaliza para o bartender. – Mas dá pra notar que você não é parente dela. Isso inclusive é modo de dizer nosso aqui. Quase ninguém chama a Yaya de Yáskara. Acho que nem os pais dela falam assim hoje.

– Bem, se ela se incomodar, eu mudo. Mas e você, já que esse é o costume aqui, parente de quem? – eles erguem os copos recebidos em mais um brinde. Um fotógrafo cega os dois e se aproxima pedindo desculpas, mas a luz estava boa demais para ser desperdiçada. A foto ficou ótima, como ele mostra no visor da câmera, capaz até de abrir a montagem de vídeo que mostra os amigos dos noivos, se não for um problema para eles. O pedido de permissão e o vinco nos cantos da boca do fotógrafo denunciam o risco de toda foto em público, mas Thaís diz que a foto ficou linda e que se não fosse o trabalho dele, queria a foto de graça. Eric ficaria corado se o salão estivesse claro, não empapado de luzes verdes e azuis que desenham padrões quadriculados sobre as paredes e acima das cabeças daqueles que dançam. O fotógrafo segue, ombro esquerdo torto pela bolsa, pescoço calejado da alça de proteção, até parar perto de uma mesa em que um casal de meia-idade pede um retrato.

– Da Yaya, mas mais ou menos. Na verdade, está vendo aquela menina ali?

– Estou vendo muitas.

– É, a de vestido claro, que está com um cara abraçando por trás.

– Sim, uma baixinha.

– Isso. É a Déia. A Déia é amiga de infância da Yaya e minha amiga desde muito tempo também. Diz a Déia que não podia ser a única amiga da Yaya que iria chegar solteira no casamento, então me chamou.

– Ela não gosta muito de ficar sozinha, né?

Eric ri com o corpo, Thaís também.

– Não. Como você pode ver, eu era a companhia para a igreja. Mas como você falou, a outra opção hoje era ver algum filme infantil na televisão, então está bom. Melhor que isso, só o macarrão.

– Está bom, né?

– É. Comida de buffet às vezes é meio rançosa, mas esta está bem boa. Deve ser coisa do pai do Lucas. É Lucas que o noivo chama? Acho que é. O pai dele, pelo que a Déia me falou, tem fazenda, concessionária, sala alugada. Tudo isso que faz dinheiro virar mais dinheiro.

– Estou precisando arrumar uns negócios desses – e a voz de Thaís sai de dentro do copo. O cantor emenda com Empinadinha e Déia dá uma empinadinha e cola no torso do menino, vinte anos no máximo, atrás dela, a mãe da noiva ensaia uma rebolada, um rapaz que ninguém sabe ao certo se foi ao colégio com Luiz, o noivo, dança com a gravata na cabeça e chama a atenção das mesas mais comportadas. Os garçons, que fazem a ronda juntos, um com bastonetes de lombo, outro com cerveja, comentam sobre a chuva. – Mas eu acho que eu sou lerda demais pra ficar rica.

Eric se mexe, preparando o corpo para uma resposta elogiosa.

– Sabe, Eric, outro dia eu não consegui resolver uma charada básica. Isso tem me incomodado desde então. Você me ajuda?

– Não sei se eu consigo, eu sempre fui ruim de adivinhação, mas posso tentar.

– Não é adivinhação, é um desafio de lógica. Quer dizer, me disseram que tem lógica envolvida, mas eu não consegui descobrir.

– Dá no mesmo, manda aí.

– Tem uma historinha, o desafio é descobrir o mistério dessa historinha. Eram dois reis, cada um casado com uma rainha e dono de um castelo. Eles eram vizinhos e inimigos, mas não estavam em guerra. Um dia apareceu um feiticeiro no reino do primeiro rei e falou pra ele que ficaria livre de todos os inimigos se ele primeiro matasse todos os animais machos do reino, depois se encontrasse com o feiticeiro no alto da montanha que faz a fronteira entre os dois reinos. Pro outro rei o feiticeiro falou que ele ficaria livre de todos os inimigos de matasse todos os animais fêmeas do reino, depois encontrasse com o feiticeiro em cima da montanha que faz a fronteira entre os dois reinos. No dia do encontro, apareceu um cavaleiro de cada reino e os dois mataram juntos o feiticeiro. As últimas palavras do feiticeiro foram eu quero a luz. Depois disso os reinos ficaram em paz.

– Tá. E aí?

– E aí que nós temos de descobrir os motivos que fizeram a história ser desse jeito.

– Mas isso é impossível.

–Diz meu amigo que na verdade é mais fácil do que parece.

– Mas o que que nós temos de saber? O motivo de os reinos ficarem em paz? O motivo de matarem o feiticeiro e depois por que eles ficaram em paz?

– Não sei. Eu preciso de uma explicação que pareça convincente, pra depois ver se é isso mesmo.

– Uma só? Só existe uma resposta?

– Acho que sim.

– Isso não faz sentido.

O pai do noivo sobe ao palco e faz um discurso emocionado, mais balbucia do que fala. Ele é calvo e mesmo de longe dá pra ver que ele está suado, com os braços ele tenta dizer que o momento é importante demais para ele, e entre um grito e um engasgo ele fala sobre Turquia, Réveillon, fogos, amor, espumante, vida nova e o ponto final é a mão esquerda sobre o coração. Outro cantor, de camisa florida aberta até o começo da barriga, agradece o discurso maravilhoso e emenda dizendo que nessa noite o que vale é a felicidade.

– Eu perguntei pro meu amigo se essa história era alguma mensagem cifrada, mas ele não respondeu. Disse que só responde quando eu aparecer com uma resposta boa.

– Quando ele te contou, tinha alguma ordem certa, ou algum nome específico?

– Acho que o feiticeiro tinha um nome.

– Isso deve ser importante.

– Eu vou ver com esse meu amigo e te falo.

– Agora?

– Não, vou mandar mensagem pra ele.

– Tá.

– Pode deixar que eu te falo. Me passa seu telefone, vou ligar pra mim mesma, aí você tem meu número.

– Toma aqui – Eric saca o celular do paletó, quase um coldre de ombro. Thaís digita.

– Aí, liguei. É o primeiro número. Pode deixar que eu não vou te abandonar que nem a Déia. – Eles riem contra a sisudez do bartender que acompanha a conversa com o saco cheio dos que trabalham com bêbados.

– Está tranquilo. Ela só queria minha companhia porque...

– Por quê?

– Porque nada.

– Você ia falar alguma coisa.

– Ia. Ia falar uma bobagem, por isso parei.

– Pode falar. Ó – ela beija os indicadores em cruz e com os olhos esgazeados – prometo que não julgo.

– Você que sabe. Eu ia comentar que ela só queria minha companhia porque está aí nos trinta e poucos, e nessa idade a mulher vai ficando com medo de ficar sozinha.

– Era uma bobagem bem grande mesmo.

– Eu sei. Eu também fico meio assim às vezes. A nossa idade não é fácil. Nossa, assim, minha e da Déia.

– Minha também. É uma bobagem pertinente.

– É.

As mesas das beiradas já são pontos calvos no salão. Alguns garçons, sem paletó, levam mais lixo do que trazem comida. O cantor rebola e canta, e só os convidados muito fortes – os abastecidos por cerveja demais, as que se acostumaram com os pés dobrados no salto, os que tratam festas como maratonas e querem medalhas ao fim – acompanham o ritmo. Thaís gira um copo vazio com o indicador sobre o balcão.

– Eu não estou vendo mais a Déia, acho que vou indo, Thaís. Foi um...

– Você vai como?

– De táxi. Tem um ponto na esquina.

– Posso ir até lá com você?

Eric apalpa os bolsos antes de responder.

– Claro, vamos sim. Você vai pra qual lado?

– Liberdade.

– Onde é isso?

– Perto do Mineirão.

– É, pro outro lado. Não conheço bem essa região. Se você estivesse indo pro mesmo lado que eu a gente podia dividir a corrida.

– Fica pra próxima – e o sorriso de Thaís é como um enxaguante bucal de humor. Eles saem juntos e na porta do salão uma senhora de coque rígido feito cimento deseja boas festas. Eric começa a tirar o paletó.

– Você não vai me cobrir com isso, vai estragar sua roupa. A gente corre até aquela marquise ali.

– Ok.

Há um homem que olha a chuva pela janela do outro lado da rua e ele se lembra de uma corrida em preto e branco, a moça que dispara antes do fim da contagem, a respiração arfante mais alta que os passos e que a chuva real, ali, obnubilando o momento. Na sua cabeça, a moça e sua boina xadrez ganham e seus amigos caem ao chão, rindo e questionando a validade da corrida. Eric chega primeiro à marquise e Thaís termina o trecho com um abraço. Eles se equilibram sobre uma coluna, o paletó dele sujo pelo cartaz que promete os melhores serviços de eletricista e pintura. O homem da janela não os vê mais e tenta recapitular o pouco de francês que sabe.

– Você tem três mil horas para me soltar, Eric. Você é tão bonito.

– É você quem diz – ele passa as mãos pelo rosto molhado dela.

Outros convidados do casamento passam pela marquise em trote firme.

03

– Escuta o que eu estou te falando, comer mulher feia é arte, aguentar a gozação faz parte.

– Presta atenção na rua, Siqueira.

– Não vem fingir que não tá todo mundo sabendo de você e a Cleide da recepção.

– Porra, Siqueira, eu sou casado, a Cleide é educada comigo e eu sou educado com ela, tem nada a ver isso aí.

– Educadão. Tão educado que dá carona pra ela na sexta, quando devia estar era correndo pra voltar pra patroa – Siqueira ri e sua barriga roça o volante.

– Vai tomar no cu, Siqueira.

– Olha a baixaria, soldado.

– Nem vem, Siqueira, vai tomar no cu e soldado é a mãe.

– Tá bom, não está mais aqui quem falou.

A radiopatrulha navega devagar pela chuva. Giroflex desligado para evitar trabalho.

– E no mais, você está certo, Wander. Tem que transar, mesmo. Porque a gente nunca sabe quando que sai a escala nova e eles mandam a gente fazer a semana do Ano Novo no Aarão Reis.

É como se as luzes tivessem sido apagadas de uma vez só.

– Você tá nessa, Siqueira?

– Tô.

– Puta merda, hein? Aarão Reis é foda.

– Estou ligado. Preferia que me mandassem pro Afeganistão, pra trocar tiro com aqueles doidões, Taliban, Bin Laden, o escambau.

Eles viram uma esquina, um cachorro dormindo no vão de uma portaria aparece e some.

– Mas é só pra semana?

– Por enquanto sim. Mas é foda, menos colega e mais problema na rua.

– É.

O rádio chama a unidade mais próxima para um acidente com possíveis vítimas fatais. Siqueira liga a sirene, vira o carro e segue pela contramão. Em menos de um minuto, eles já estão isolando o carro capotado sobre a calçada. O chamado para o SAMU é de urgência, quatro vítimas, duas presas nas ferragens, duas embaixo do carro.

Na perícia que a Polícia Civil faz depois, o testemunho do taxista é confirmado pelo vídeo das câmeras externas de segurança da padaria. Um carro avermelhado furou o sinal e passou correndo pela esquina. O outro, que vinha descendo, tentou frear, perdeu o controle pra fazer o desvio e capotou, caindo com o teto sobre o passeio. Houve comoção e imprensa no velório quádruplo.

O taxista disse ainda, está nos papeis, que estava chovendo demais para guardar a placa do primeiro carro. A esposa dele tem certeza que é mentira, porque o Isauro, segundo ela, tem uma memória de elefante. Ele lembra que o cinto que ele ganhou naquele Natal é muito parecido com o que ele ganhou no primeiro aniversário de casamento, lembrar placa de condução pra ele é moleza.

Rinoceronte

(...)
We must talk now. I am no longer sure of the words,
The clockwork of the world. What is inexplicable

Is the 'preponderance of objects'. The sky lights
Daily with that predominance

And we have become the present (...)
(George Oppen, "Leviathan")

Alfredo voltava para casa. Fora um dia chato e a noite negava esperanças de melhora. Ele havia prometido um relatório para seu chefe até a meia-noite e saíra do escritório com o trabalho ainda pela metade, o calor úmido que o fazia encharcar a roupa não dava sinais de recuar tão cedo. Vinha pensando na rotina do serviço enquanto descia a rua escura. O clima de sauna era piorado por conta das calçadas mal cuidadas, que acumulavam musgos e lodo, que deixavam tudo mais molhado e insuportável. E ainda havia o risco de pisar em falso e escorregar naquela praga verde. E torcer o pé.

Era um bairro relativamente novo, muitos prédios em construção, fazendo sombra nas casas mais antigas, que mais lembravam sítios por conta dos grandes quintais e árvores altas. Nas calçadas, alguns troncos já estavam grandes, mas a maioria das plantas ficava na altura exata para obstruir a luz dos postes e ainda ter uns galhos baixos para sujar os ombros das camisas.

Alfredo chegou em seu prédio. Tirou do bolso o chaveiro sobrecarregado, portão, duas entradas do apartamento, portas da casa da mãe e do escritório. Girou a fechadura do portão externo e foi caminhando pelo pequeno corredor revestido de cerâmica que ligava a rua ao átrio do prédio, peça que era na verdade um corredor com nichos de madeira para colocar as correspondências. Iria repetir o ato mecânico de abrir a porta, mas ficou parado. Susto e prudência.

Era um rinoceronte. Estava lá, dormindo, obstruindo a passagem para qualquer um que tentasse subir para os apartamentos ou descer para a garagem. A pele cinza, pétrea, tensionando e relaxando com a respiração que embaçava a porta de vidro. Os olhos tão cerrados que pareciam nunca ter sido abertos. E os cifres, ameaçadores, voltados contra a parede, e cutucando perigosamente o quadro que, para Alfredo, enfeava a saleta.

O fim de tarde era tranquilo, os carros e a esquina estavam distantes. Alfredo não sabia se preocupava-se mais com o relatório para fazer, adiado até ter a passagem livre, ou com a presença do animal, que poderia arrebentar a porta de vidro com um abano de rabo. Se o rinoceronte apenas ficasse parado e atrapalhasse seu trabalho, provavelmente seu patrão não aceitaria um "tinha um rinoceronte dormindo no meu prédio" como desculpa pelo atraso, e aí era bilhete azul em dois palitos. Por outro lado, um rinoceronte em movimento é um rinoceronte em movimento.

Alfredo liga para o serviço de informações.

– Boa noite, em que posso ajudá-lo?

– É...meu nome é Alfredo. Eu gostaria de saber qual o telefone da Secretaria de Zoonoses.

– Um minuto, por favor. 5656-1245.

– Obrigado! – e ia desligando quando ouviu um som no fone.

– Senhor! Devo alertá-lo que esse serviço se encerra às dezoito horas.

– Ah, sim. Obrigado.

Desliga o telefone para não esgotar a bateria, já no fim. Afinal de contas, não faria diferença ligar para sua família. E os bombeiros certamente o ignorariam, acreditando em um trote. Pensou em sentar, mas isso poderia atrapalhar uma fuga desembestada caso o animal acordasse.

Meia hora já havia passado e Alfredo já considerava ir até a avenida fazer um lanche, torcendo para que o rinoceronte, ou a alucinação que ele acreditava estar vendo, fosse embora, mas um assovio na escada acorda o animal. Alfredo considera começar sua fuga, mas a calma em que o bicho se move faz com que Alfredo fique em seu lugar, observando.

O rinoceronte sobe as escadas, as ancas graciosas, empurrando os corrimãos de um lado para o outro, fazendo tremer as lajes do prédio. Girando a chave do jeito mais suave que consegue, Alfredo entra no hall e sobe também, mantendo distância do animal. No segundo andar, a porta de Dona Gertrudes está aberta. A velhinha, sentada no sofá, acariciando o monstro cinza.

Alfredo terminou de subir as escadas, e foi pensar no jantar e em seus relatórios. O calor cedeu na manhã seguinte.

À sombra do centauro

(...)
You who were born there where beauty is existence
You turn me on
You turn me on
Your body heals my soul
(...)
(Rufus Wainright – "Greek song")

A festa de final de ano era coisa grande para a empresa. Comemoração de trinta anos, conclusão de um projeto importante, outros a vir, expansão física. Dá pra imaginar que os ânimos estivessem um pouco exaltados nos dias antes. A Rebeca, do financeiro, estava ficando transtornada com o dinheiro que o Juninho – conselheiro e vice-presidente pelo grande mérito de ser filho do Doutor – tinha gastado. Uma semana antes correu o boato de que uns rapazes, os mais novos, estavam apostando em quem iria comer quem na noite depois. As secretárias passavam mais tempo trocando fotos de cabelo e maquiagem do que atendendo aos telefones e organizando as agendas. Até eu, apesar das mudanças de cargo e atribuições, acabei me envolvendo com a atmosfera de energia estática daqueles dias, me demorando mais num café ou outro, especulando sobre como seria a festa.

O seu Wurst, chefe da área de planejamento financeiro, tinha recebido uma proposta imperdível de ir para o exterior e trabalhar na construção de condomínios fechados. Um dia ele me chamou na sala dele e disse, sem nenhuma introdução, com o vozeirão dele *Você é meu braço direito. Quer ficar no meu lugar?* E nisso eu fiquei pensando se tinha feito algo diferente que o tivesse levado a pensar que eu estava tentando ocupar o lugar dele, ou o que aquilo significava, e antes que eu abrisse a boca ele continuou *Eu estou de saída, para os Estados Unidos. Acho que nosso setor vai ficar bem com você.* Na hora me desceu uma onda de suor frio, um alívio da testa até o cóccix, e eu só consegui agradecer pra dentro e dar um sorriso meio bobo. No dia seguinte, eu me reuni com o Doutor e o seu Wurst, e uma semana depois a sala dele era minha. O lugar ainda tinha a cara dele, com móveis de jacarandá escuro e livros em couro que eram propriedade pessoal. Eu conseguia imaginar ele por lá, quase dois metros de altura, de pé, inclinado sobre alguma bancada com um relatório em uma mão e os dedos da outra sublinhando a linha do bigode grisalho. Ofereci para mandar as coisas todas de volta, mas ele só pegou os livros e as estatuetas de peso para papel. Fiquei com a escrivaninha larga feito uma cama de necrotério.

Ainda estava me colocando a par dos processos com os quais eu não tinha muita familiaridade, como as novas operações de hedge, quando o e-mail com o convite para a festa chegou. Em meia hora, o prédio estava tomado pela tensão das vésperas de feriado e seu zumbido de vozes humanas uma oitava acima do normal. Em uma semana, a Arbiz Chemical fecharia uma casa noturna recém-inaugurada e convidava a todos, e no e-mail a palavra todos vinha sublinhada, todos os funcionários da sede administrativa para as comemorações de trinta anos de atividades. Na reunião de planejamento semanal das quatro da tarde, eu precisei pedir a atenção dos meus funcionários, até pouco tempo atrás colegas, para que as conversas não fossem sobre como a boate era legal, mas sim sobre como a troca da chefia do setor não significaria alterações na rotina de trabalho. Mas cedi quando, nos últimos minutos, os estagiários começaram a especular sobre o quanto a empresa deveria ter pagado para alugar a Cannes, porque, segundo um deles, *O lugar é top pra caralho! Não dá pra sair de lá gastando menos de duzentos paus, não é?* O outro assentiu vigorosamente com a cabeça.

O departamento, agora meu departamento, contava com doze empregados, quatro estagiários e me garantia lugar nas reuniões mensais dos diretores, além de acesso privilegiado ao Doutor. Esse último seria o aspecto principal, aquele pelo qual as pessoas se matariam para ter, mas nas palavras dele próprio, *Eu confio nas pessoas e, se você é escolhido do Wurst, então eu confio mais ainda em você. Se estiver tudo dando certo, só apareça quando eu chamar*, e um sorriso veio como ponto de exclamação. Quando eu disse em casa que eu seria chefe de seção, a Lúcia levantou a cabeça por alguns segundos e me deu um parabéns sincero, antes de voltar para a produção de mais um artigo. Um dos motivos pelos quais eu me casei com a Lúcia era a capacidade de concentração dela. Na época, eu tinha a sensação de que não chegaria a lugar nenhum na vida se não tivesse alguém que servisse como âncora para o balão sem rumo que eu era, e aquela menina sisuda, de olhos castanhos redondos e corpo surpreendentemente bem feito por baixo das roupas herdadas da irmã mais gorda, poderia me ajudar. Eu não estava errado, e por muito tempo foi por ela que eu corri atrás de professores para não tomar pau, depois mandei currículos, depois cheguei cedo e saí tarde, até o dia em que eu percebi que ela não se importava tanto com isso. Pelo menos os olhos castanhos e redondos continuavam bonitos, ao menos quando eu os via, quando eles não estavam perdidos em textos incompreensíveis sobre as novas evoluções relacionadas à norma de Thurston. Naquela noite, enquanto eu sorria por dentro, ela me disse que em breve precisaria ir a Singapura para um congresso. Um colega tivera problemas com o visto, ela era uma das coautoras do trabalho. Em uma semana, quando fui convidá-la para a festa, ela já havia viajado, me avisando com um bilhete deixado na geladeira junto das instruções de descongelamento de refeições. Voltaria algumas semanas depois com uma gravura de presente. Coloquei o desenho de uma orquídea Vanda, em discretos tons púrpura, na escrivaninha da firma. Ele está lá até hoje, ao lado da tela do computador.

Aquela semana, entre o e-mail e a festa, passou rápida. Sem motivos para voltar para casa, eu esticava as jornadas de trabalho até o meio da noite, revisando as movimentações que eu conhecia de antes e me certificando que aquelas novas para mim, que passavam pela outra metade do setor, não me trariam dores de cabeça. Uma securitização das compras em euro me pareceu estranha, mas os números apresentados pelo responsável no dia seguinte batiam, de forma que a transição de comando fora bastante tranquila. A próxima carga de trabalho só viria no próximo mês, depois do Natal e, principalmente, depois daquilo que era chamado nos corredores como *a maior noite do ano*. Curioso como a festa obscurecia o fato de que dois dias depois haveria algo ainda maior para a companhia: a inauguração do prédio anexo, um grande cubo de metal e vidro azul-espelhado que vinha crescendo há sete meses no terreno ao lado da sede. A ideia de que dali a alguns instantes uma noite poderia ser a chance de colocar para correr os espíritos animais reprimidos entre baias de trabalho e carpetes bege era muito mais presente que a noção, razoável e concreta, de que em pouco mais de um mês a Arbiz Chemical poderia se tornar uma entidade global, um grande polvo da produção de aditivos tão necessários e cancerosos quanto a própria vida. Na última noite em que estiquei o batente, um caminhão estacionou no lote ao lado. Um grupo de homens armou holofotes e começou o complicado processo de desembarque de algo grande e pesado, que mantinha ocupados oito carregadores, pelo que pude contar. Supus que fosse algum equipamento para a divisão de pesquisa e desenvolvimento, a famosa *P&D do prédio novo*, a menina dos olhos do Doutor para os que puderam acompanhar de perto os últimos movimentos da direção. Mas o movimento de retirada do objeto parou no jardim, e o enorme volume, que de fato era grande demais para passar pela porta de entrada frontal do prédio, ficou lá, coberto por uma lona esverdeada, enquanto o caminhão ia embora e eu observava o fim do movimento, ainda com um relatório de movimentações futuras nas mãos.

O dia de trabalho antes da festa foi como um dia de ponto facultativo em que os funcionários aparecem para trabalhar sem motivo: todos estavam presentes, todos estavam ausentes. O ponto terminou algumas horas antes do normal para que as pessoas pudessem se enfeitar, trocar de roupa. Um intervalo separando duas realidades. A empresa ofereceu transporte partindo da sede para os que quisessem dispensar os carros, mas eu preferi ir de casa. A Cannes ficava em um prédio que na minha memória era um grande armazém de farinha de trigo, com paredes externas de tijolos cor de tijolo e telhado dividido em seis águas. Ao seu redor, homens e mulheres jovens pareciam frustrados ao ver a sinalização luminosa indicando que naquela noite o lugar receberia um evento privado. Na porta, moças bem lustradas com vestidos azuis na cor do logotipo da empresa recebiam os mais de cem funcionários e outros convidados – homens idosos do corpo diretor de empresas fornecedoras, possíveis clientes do futuro próximo e um grupo muito distinguível de jovens com camisas polo importadas e braços largos, evidentemente amigos que Juninho conseguira contrabandear para a lista de entrada.

Do lado de dentro, a festa havia começado, mas em ponto morto. O volume da música estava baixo e as pessoas ainda ocupavam seus assentos. O departamento de planejamento financeiro tinha uma mesa no canto direito do grande salão, e a travessia até lá foi complicada por grupos de funcionários mais jovens que já aguardavam de pé o começo real da festa. Cumprimentei os colegas, um por um, e me sentei próximo a uma das cabeceiras, já pensando sobre as chances de não ir embora tão tarde. Um garçom enormemente forte passou servindo uísque. Fiquei sabendo depois que aquela festa custara quatro vezes mais que a festa de fim de ano para os funcionários da planta industrial da companhia no interior – quase quinhentos, e que puderam levar cônjuges e filhos. Conversamos sobre temas amenos, famílias e futebol, até por volta das onze horas, quando uma moça de cabelos loiros de um lado, raspados do outro, veio me procurar conferindo meu nome em um tablet, dizendo em um sotaque de erres puxados que os chefes de departamento eram *Requeridos no palco por gentileza, por gentileza*. No centro de onde deveria ser a pista de dança, um pequeno tablado havia sido erguido, com púlpito no centro e, ao fundo, uma parede falsa com a marca da empresa repedida várias e várias vezes em estampas pequenas. A moça, que de acordo com o crachá se chamava Yniara, me posicionou na borda do palco, ao lado do Raduan, diretor do setor de pessoal. Nos cumprimentamos. Ele disse que ficara feliz pela minha promoção, acreditava que eu seria alguém que traria boas contribuições para os encontros mensais. Agradeci enquanto reparava nos traços fundos do rosto dele – cerca de sessenta anos, vincos verticais entre as sobrancelhas e nos cantos da boca, olhos tão negros quanto a cabeleira revolta. Eu estava para dizer que estava animado para minha entrada no círculo principal da empresa quando o Doutor chegou, emoldurado pelas luzes do lugar e uma saraivada de palmas. O Doutor é um homem pequeno e magro, cujas pernas curtas o obrigam a andar sempre mais rápido do que pareceria apropriado. Careca, com o que sobrou dos cabelos brancos muito bem aparados ao redor da cabeça, usa óculos sem aro e um cavanhaque igualmente branco que esconde a boca. Na empresa, consta que ele, sozinho, poderia conduzir a área de pesquisa avançada: passara como um foguete pela universidade local – Lúcia confirmara que o seu trabalho de conclusão de curso ainda era um dos volumes mais procurados na biblioteca – e largara uma bolsa na Alemanha para voltar à cidade e abrir uma empresa com o dinheiro emprestado por colegas. Em cinco anos, pagara a todos e empregara metade deles. Naquela noite, ele veio em mangas de camisa, cumprimentando os diretores um por um, e quando chegou a mim segurou minha mão com as suas duas mãos pequenas e frias e disse *Você ainda fará muito, meu caro*, da mesma forma que havia dito na reunião em que ele aprovou a minha entrada no lugar do Wurst. Antes de começar o discurso, ele recebeu mais uma rodada de palmas, e foi quando eu vi que logo à minha frente estava ela. Nunca a havia visto na empresa. Enquanto o Doutor falava, perguntei de canto de boca ao Raduan quem era a moça de cabelo curto e blusa prateada ali, e ele me respondeu que era da área de vendas, mas que infelizmente ele não se lembrava do nome. Vi que a atenção dela variava entre o discurso e eu. Olhei para baixo, fingindo algum tipo de humildade oriental perante o chefe, para tentar dissipar o olhar renitente dela. Ao fim da fala do Doutor, mais palmas e a explosão de música eletrônica ao mesmo tempo em que os garçons, como formigas, instalavam mesas com bandejas e bandejas de comida junto de uma das paredes do lugar. Eu estava com fome, não tinha tido tempo de descongelar sequer um bife antes de sair de casa. Atravessei a pista em meio às pessoas que já começavam a dançar e me postei na fila dos pratos quentes. Ia pedir para que o rapaz servisse uma fatia de rosbife quando senti que alguém me segurava o ombro. Era ela. Disse que *Nesses lugares a gente nunca deve escolher a carne de boi, ela costuma ficar estocada mais dias* e sem pensar eu falei com o moço que iria querer então o ravióli de frango com molho branco. Ela sorriu para mim e eu sorri de volta, cúmplice. Perguntei como ela se chamava. *Bárbara, e você é o novo diretor, o...* e como ela já sabia meu nome eu gracejei e recitei Bárbara bela / do norte estrela. À luz cada vez mais fraca do lugar ela parecia ter olhos puxados pela maquiagem azul cinzenta e dentes muito claros e bem formados. Ela também escolheu a massa e nos sentamos em um pufe à margem da pista. Aos quase gritos, ela me disse que ficara sabendo da saída do Wurst por meio de uma amiga do meu departamento, e que achava bom que gente mais nova estivesse chegando aos cargos de chefia. Ela não era muito mais jovem, ou ao menos não parecia muito mais jovem do que eu, e de qualquer forma eu entendi o comentário como um elogio, ao qual eu respondi que isso era mesmo bom, e que isso podia trazer coisas boas para todos – o que não poderia ser um comentário mais oco. Um amigo uma vez me disse que se você conversa com uma mulher e alterna o olhar entre os olhos e a boca dela, subliminarmente ela acha que você está interessado nela, mas eu não tinha outra forma de compreender o que ela falava, o som estava cada vez mais alto e o volume de pessoas de pé ao nosso redor aumentava. Conversamos até que uma colega dela passou ao lado de onde estávamos e cochichou algo em seu ouvido. Ela disse que já voltava e eu sabia que as chances disso acontecer eram pequenas. Levantei-me, fui ao banheiro e de lá segui pra casa.

O fim de semana passou enquanto eu vi televisão e sobrevivi com uma dieta à base de molho à bolonhesa feito em algum momento do passado recente. No domingo fez sol, o que me atrapalhou um pouco de ver um programa sobre pontes gigantes.

Na segunda, antes do começo do expediente, aconteceu a inauguração do novo prédio. Novamente um púlpito, novamente os diretores lado a lado atrás do Doutor. O silêncio das caras novas tinha consistência de argila e sustentava as olheiras e consciências escondidas pelos óculos escuros. A fala do chefe tratou de futuro, vitória, esperança e outras palavras grandes, mas o aplauso final foi mais fraco que o eco dos caminhões na estrada que dá acesso ao prédio. O Doutor pareceu não se abalar com isso e liderou o grupo que foi da entrada até a grande massa coberta pela lona, passando pelo caminho ajardinado que ainda irradiava o frescor das coisas não usadas. Parecia que as mãos minúsculas dele não iriam dar conta, mas ele agarrou uma corda que saía do alto do grande objeto disforme e ao puxá-la revelou a estátua de um centauro. Os aplausos saíram em meio a indagações audíveis e o trinado de um pássaro nas árvores ainda não muito bem enraizadas no jardim novo. O grupo de visitantes seguiu para o prédio reluzente; os demais, como eu, voltaram ao estado de seminormalidade, entre um dia de trabalho comum e um dia de aula pós-baile de debutante, no qual as atenções estão dispersas entre o fluxo de planilhas e as possibilidades concretizadas e perdidas da pista de dança. No meio da tarde, um e-mail chegou avisando que na quinta teríamos a minha primeira reunião de diretoria. Até lá meu maior desafio foi consertar a cafeteira da seção, cujo ebulidor não estava mais chegando à temperatura máxima.

O dia amanheceu nublado, mas muito quente, com ventos cheirando a terra, na quinta. Escolhi uma gravata vermelha, presente de Lúcia. O caminho até o trabalho estava vazio, muitas pessoas já deveriam ter viajado para as festas de fim de ano, deixando o anel viário quase vazio. Entrei na sala de reuniões junto com Raduan e Michel, do setor de vendas. O Doutor parecia estar acordado desde o raiar do dia. Nos sentamos sem obedecer a qualquer disposição e, da ponta da mesa oval, o velho disse que *Essa reunião serve para vocês me dizerem como estão as coisas em cada departamento, e, se estiverem correndo como eu penso, estão correndo muito bem. Serve também para eu contar uma coisinha pra vocês* e ele juntou a ponta dos dedos como um vilão de desenho animado, ainda que sorrisse o sorriso de um vizinho velho e sem pressa. Um por um, os diretores, eu incluso, falaram dos resultados planejados, metas mais ou menos cumpridas, projeções para o fim do ano fiscal e o início do próximo. Um encontro modorrento como o tempo do lado de fora. O Doutor, após comentar o que ouvira, deu início à segunda parte da reunião. Disse que alguns de nós já havíamos recebido algumas informações que apontavam para grandes movimentações no futuro, e que agora era o momento de revelá-las. Um grupo de japoneses viria à cidade em duas semanas para negociar a compra de um lote futuro de apomorfinol-D sintético: a substância era até então uma quimera, mas as projeções – que só ele conhecia – indicavam que ela deveria ser obtida pela primeira vez no nosso novo laboratório. Ao terminar o anúncio, ele descolou as mãos e apontou vagamente para o centauro e para a edificação em cubo atrás dele. A equipe que trabalharia nas reuniões com os visitantes estaria definida em alguns dias, mas era certo que contaria com Michel – que assentiu levantando de leve sua cabeça quadrada – e com Cristiano, chefe da pesquisa. Cristiano era um homem alto, mas não forte, como se tivesse sido esticado por uma máquina de tortura medieval em algum momento da adolescência, e que respondeu ao comentário do patrão acenando para os demais presentes, como se nenhum deles o conhecesse há anos. O Doutor continuou dizendo que *Eu vou precisar de gente para o backchanneling e pensei em mandar você*, apontando para mim com o queixo, *Porque você é novo aqui e será bom que já se inteire dos momentos importantes. Vai ser bom também pra apresentar uma cara nova, especialmente alguém do Planejamento, que pensa adiante, nesse passo novo da companhia. Esse composto vai fazer muito milagre aí, vocês vão ver* e o Cristiano balançou a cabeça como se precisasse sublinhar a afirmação dele. Ao fim da reunião, era possível notar na janela atrás do Doutor que o vento balançava com força as árvores novas. No fim do dia, um e-mail intitulado *Equipe BKC* chegou, com todos os destinatários em cópia oculta, convocando para um encontro no outro dia pela manhã. No fim do texto, no mesmo tom do reflexo da minha gravata na tela, instruções de confidencialidade.

A chuva escorria fraca pela vidraça da sala do Doutor, negando a promessa de tempestade que cobrira o dia anterior. Eu fora o primeiro a chegar e me entretinha observando o tráfego tão mirrado quanto a chuva. O barulho dos passos apressados do velho serviu de dica para que eu parecesse ocupado com algumas notas trazidas de casa e até o momento abandonadas sobre a mesa. O Doutor entrou seguido de um rapaz das vendas e Bárbara. À luz do dia ela ainda tinha olhos puxados e caminhava firme, com os cabelos soltos, cortados à altura dos ombros, servindo de marcação para os passos que se enterravam no carpete. Ela tinha um sorriso recalcitrante, como se quisesse muito sorrir para mim, para a sala, para os fluidos invisíveis que emanavam do ancião sapientíssimo que liderava o grupo, para o cheiro de café novo da máquina, para os motoristas que nunca nos veriam ali dentro, mas tivesse medo de expor seu queixo firme ou seus caninos um pouco maiores que o usual. Uma corrente de ar produzida pelo fechamento da porta levantou alguns fios de sua franja e ela os colocou novamente no lugar com um movimento de onda, fluido como a inclinação de seu torso enquanto sentava ao lado do rapaz cujo nome já me esqueci, mas que naquela hora tentava ler algumas das minhas folhas de cabeça para baixo na mesa.

A reunião passou enevoada. Lembro do hábito do rapaz que apertava a barra do punho de sua camisa azul clara e branca e batia a ponta da caneta Bic contra a mesa, lembro-me que a voz do Doutor vinha amaciada por seu cavanhaque de algodão. A chuva permaneceu como um ruído. À distância a lembrança é curiosa, uma na qual aquele homem com jeito de professor à beira da aposentadoria explica os pormenores de uma ação de inteligência industrial digna da Stasi. A reunião oficial de negociação para a venda ocorreria na quarta. Nós ficaríamos de terça a quinta no hotel onde ocorreriam os encontros, de prontidão para contatos emergenciais e preparados para enviar novas informações externas, como informes na imprensa e cotações em bolsa das companhias concorrentes, para os colegas no encontro oficial. Provavelmente haveria pessoas fazendo o mesmo do outro lado. O papo de apresentar gente nova era balela. Chegaríamos um dia antes para congregarmos dados, sairíamos um dia depois para garantir que não haveria meias-voltas. Fomos aconselhados, em tom de conselho que deve obrigatoriamente ser acatado, a não levar nossos telefones pessoais para o hotel, e deve ter sido curioso ver aqueles três adultos balançando a cabeça vigorosamente em concordância, como se fôssemos estudantes pegos com um Tamagotchi. Estávamos dispensados do expediente na segunda e uma van nos buscaria na terça pela manhã. O Doutor nos desejou feliz ano novo na saída e o rapaz respondeu em japonês. Eu e Bárbara agradecemos com um aceno de cabeça. No caminho de volta à minha sala, notei que as baias do celeiro do Planejamento estavam silenciosas feito um lago.

Antes de sair de casa para passar a virada do ano com meu pai, vi que Lúcia havia mandado um e-mail. Segundo ela, os festejos em Singapura eram lindíssimos. Tentei achá-los na montagem que o Jornal Nacional faz das viradas, mas não achei. Meu pai continuava sendo melhor músico que amigo. Um casal de vizinhos levou cidra e camarões, de forma que a noite acabou divertida.

As folhas do jardim em frente ao prédio-cubo estavam verdíssimas dos dias de chuva. Enquanto as pessoas chegavam para o trabalho, eu era uma solitária e cômica figura de terno e bolsa esportiva à sombra do centauro. O rapaz chegou com uma mochila de alpinismo e me cumprimentou com alegria suspeita, provavelmente inflada pelo senso de importância da missão, pelo secretismo que a nós fora confiado. Bárbara chegou quase ao mesmo tempo da van verde-água e me cumprimentou com um aperto da mão fria. O motorista que nos levou usava terno preto e fone em um ouvido só, o que me causou vontade de rir durante todo o trajeto, enquanto saíamos do norte da cidade, com nacos de cerrado ainda por desbravar – o local da sede fora escolhido justamente por ser em um ponto então distante, de terras baratas –, atravessávamos o emaranhado de quarteirões cinzentos e viadutos funcionais e enxames de fumadores de crack e edifícios históricos e portas de lojas do centro e chegávamos ao sul edênico, com seus prédios de arquitetura internacionalizada cor de creme entre morros cobertos de arbustos tropicais de montanha e meios-fios caiados.

O hotel era uma grande caixa de cimento queimado. Fomos deixados na faixa de entrada dos carros e escoltados para dentro por outro homem de terno e fone. O mocinho da recepção, folgado em seu paletó verde garrafa, deu um cartão para cada um de nós. Eu era o senhor Bonifácio. O rapaz que falava japonês era o senhor Lima e Silva. Bárbara era a senhora Nabuco. Sorrindo por trás das espinhas, ele repetiu duas vezes que *O café da manhã é servido em nosso Salão Platinum das seis às onze horas e a reserva de vocês permite o consumo ilimitado do frigobar e para contatar a recepção basta discar o número zero do aparelho ao lado da cama.* Meu quarto era o 701. Bárbara estava no 702, o rapaz no 703. Ainda no corredor, combinamos de nos encontrar em uma hora no espaço da piscina, na cobertura, para ajustar nossa atuação nos próximos dias. O quarto tinha o aconchego do excesso de estofamento, com edredons macios demais, torneiras emborrachadas e paredes cobertas por papéis com textura de veludo. Fresco, apesar das coberturas demais e do Janeiro que começava a rosnar do lado de fora. A janela dava para a cidade que havíamos acabado de atravessar, e que de lá de cima parecia um grande ser adormecido, muito mais pacífico que a realidade de som, fúria e ambulantes.

Éramos os únicos hóspedes no deque da piscina coberta e climatizada: três adultos de paletó murmurando em volta de um notebook, observados por um desinteressado garçom especializado em drinques com guarda-chuvinhas em cima. Minha vontade era de tirar os sapatos e molhar os pés na água morna, indiferente às perspectivas de microvariação de IPOs na próxima semana. Um e-mail informando que o grupo de japoneses havia acabado de sair do aeroporto de Dubai fez vibrar nossos telefones corporativos, modelo novo para a ocasião. O recinto mudava de cor e luminosidade de acordo com o humor das nuvens, me lembrando da única vez que meu pai me levara para pescar, quando minha mãe ainda era viva, em um fim de semana de tempo instável no qual nós nos alimentamos de miojo graças à completa inépcia do velho para qualquer coisa que envolvesse silêncio e paciência. Eu pedi uma água com gás para disfarçar a fome e o rapaz pediu uma Coca Zero. Enquanto revisávamos o cronograma de reuniões, Bárbara esticou as pernas e, ao fim de um movimento semelhante a um bocejo da parte inferior do corpo, tirou as sapatilhas pretas de verniz, seus olhos não mais puxados fixos em mim ou em algum ponto infinitamente perdido atrás da minha cabeça. Estávamos a quilômetros de distância do rapaz que batia a caneta na mesa a cada afirmação sobre as tendências do mercado. Ela relaxou as pernas e eu soltei a respiração. Por um instante ou dois, eu ouvi as engrenagens do meu relógio, a ventoinha do computador, o motor indiferente que fazia movimentar a água da piscina, o casal de pardais aninhado na calha do lado de fora da cobertura de vidro. O rapaz moveu a caneta por entre os dedos como um prestidigitador em um chamado silencioso de volta à mesa, naquela cobertura de hotel úmida como a palma das minhas mãos. Combinamos de nos encontrar de novo no início da noite, no mesmo lugar, para atualizações e ajustes finais nos trabalhos dos dois próximos dias. Pedi um bife com molho madeira de almoço e passei a tarde atualizando as páginas de empresas concorrentes e as listas de e-mail em busca de novidades, vez por outra acompanhei um longuíssimo jogo de tênis. Na quadra, os jogadores se desfaziam em urros primais e seus músculos saltavam em contrações desafiadoras, uma movimentação que me cansava passivamente me fazia suar na base da nuca. Às seis e meia, nós nos encontramos novamente. Informei a eles que no dia seguinte nós deveríamos nos reunir no quarto 237, que estaria preparado para nosso trabalho. Eu seria o primeiro a chegar, às nove horas. O rapaz deveria chegar às nove e quinze, Bárbara às nove e meia, para evitar que algum emissário deles nos identificasse como um grupo. Ajustamos as últimas projeções, acertamos nossos relógios e nos desejamos boa noite antes de descermos separados.

De volta, o quarto me pareceu uma daquelas celas de hospício em que todas as paredes são estofadas para que o doente não se machuque ao bater nelas. Liguei de novo a televisão e me sentei na borda da cama enquanto tirava os sapatos. Massageei os espaços entre os dedos. Na tela, três homens mudos gesticulavam atrás de um balcão entre um lance de gol e outro. Comecei a me reclinar na cama, ainda vestido, e senti uma pontada nas costas, próxima à base da coluna. Imóvel, suspenso, levei a mão às costas e senti que uma fina camada de suor cobriu minha testa. Senti que o quarto esquentava enquanto eu voltava a baixar o tronco até recostar o corpo na cama onde afundei até que só meu nariz estivesse para fora da manta cor de sorvete de creme da cama grande. Fiquei parado por um tempo, talvez alguns minutos, me recuperando da dor súbita. Voltei a me mover para abrir a camisa e soltar o cinto, ainda deitado. Em movimentos de anfíbio, rolei para tirar a calça sem sair da cama. Sentia meus músculos duros enquanto a atmosfera ao redor voltava à normalidade. Resolvi tomar mais um banho antes de dormir, ainda que não estivesse sujo de verdade, apenas coberto da transpiração incômoda do pequeno incidente. O banheiro tinha um rádio que só podia ser ligado se a porta estivesse trancada, um aparelho muito curioso que optei por não usar, e tirei a televisão do mudo. Um show de uma banda que desconheço serviu de acompanhamento sonoro para o chiado discreto da ducha com regulação digital de temperatura – um solo de sintetizador durou todo o tempo em que eu lavei minhas pernas e nádegas. Ainda nu, atualizei pela última vez as informações no computador, sem encontrar novidades, e dormi um sono leve e áspero.

Acordei três minutos antes que o despertador tocasse. Quando eu era criança, sentia um prazer especial quando isso acontecia. Ser o primeiro acordado da casa era ser a pessoa mais madura por alguns instantes, até que os adultos de verdade levantassem e voltassem a ocupar os postos de comando. Mesmo depois de grande esse nunca foi um hábito e, quando aconteceu, não pareceu obedecer a qualquer lógica, como estar associado a períodos de preocupação. O dia lá fora já estava claro, ainda que fosse muito cedo. Pedi que o café fosse entregue no quarto e tomei outro banho. Comi sem procurar o sabor da comida.

Os corredores do hotel estavam vazios no caminho entre meu quarto e aquele que nos serviria de base de operações. O lugar tinha com uma decoração diferente, com uma mesa de escritório no centro, sem cama, filtros de linha alinhados com as paredes e, no canto oposto à porta, um cubo de madeira com garrafas térmicas, xícaras e biscoitos cream-cracker. Sentei-me à cabeceira da mesa, ao lado do lanche. No exato instante em que o relógio de parede marcou nove e quinze, o bipe da fechadura eletrônica anunciou a entrada do rapaz, empertigado e rápido. Em menos de um minuto, já estava pronto ao meu lado e anunciava as novidades das fontes que ele consultara entre acordar e chegar ao quarto, provavelmente enquanto ajustava os ângulos precisos do cabelo em corte de escovinha e lustrava os dentes branquíssimos com cera automobilística. Pelo que a nuvem de informações dele dizia, os japoneses haviam chegado ao hotel de madrugada e um deles havia passado meia hora na sala de reuniões do térreo, onde aconteceriam as negociações, fazendo varreduras de possíveis escutas remotas. O batedor seria um dos nossos equivalentes. A equipe negociadora era de homens mais velhos. Novo apito da porta, Bárbara entra. Seu conjunto de paletó, camisa e saia claros se confundia com os tons predominantes do hotel, como se quisesse sumir em meio ao trabalho, o que seria impossível com seus movimentos aquosos e membros bem formados. Colocamos nossos telefones sobre a mesa.

Bárbara tinha a mão arredondada de uma estátua barroca. O primeiro relatório informou que a negociação começara bem e que nossos análogos – o japonês da escuta, provavelmente outros dois ou três membros júniores da empresa – estavam fazendo o mesmo no quarto 1113. Nunca soube quem descobriu isso. Em caso de emergência, como um impasse nas negociações provocado por assimetrias informacionais, o trajeto até o décimo-primeiro andar tomaria cerca de três minutos caso os elevadores estivessem desimpedidos e eu não faço ideia do que nós poderíamos fazer para ajudar, talvez ir até lá e dizer para eles que estava tudo bem e que nossa empresa era honesta, e que ao comprar nossa tecnologia nós os ajudaríamos a ser mais felizes, e provavelmente o rapaz tiraria um belo gráfico de dentro do blazer cinza chumbo, e o gráfico provaria irrefutavelmente que não fechar negócios com a Arbiz Chemical seria o maior erro da história. No meu e-mail, um dos participantes diretos conseguira enviar, talvez digitando em um celular por baixo da mesa, que a conversa ia espetacularmente bem, e que um membro de cada equipe já estava trabalhando na redação de uma proposta. Pelos meus cálculos, em uma hora, a fase final das negociações poderia ter início, engatilhada pela comparação de ofertas. Como nos dias em que, na infância, eu acordava mais cedo, perdi a noção do tempo enquanto apertávamos os botões de atualização dos nossos computadores. Nossos telefones vibraram juntos e eu senti como se tivesse acordado de um transe hipnótico. Bárbara sorria e o rapaz agitava o punho fechado como se o gol fosse dele. Um mensageiro do hotel trouxe um envelope. Dentro dele, uma folha de papel timbrado anunciava a conclusão das negociações. Em cinco minutos, o anúncio em três idiomas na internet. Atletas de nado sincronizado, abrimos as mensagens de parabéns assinadas pelo Doutor nos celulares novos que tremiam, e foi com certo alívio dormente que aquiesci a ficar mais um dia no hotel, caso algo imprevisível ocorresse. A iniciativa foi de Bárbara para que nós nos encontrássemos de novo no fim da tarde e cruzássemos as informações recolhidas ao longo do dia. Não me opus. Voltei para o quarto e dormi, ainda não era meio-dia sequer.

Voltei à piscina amassado pelo sono de chumbo. Na checagem de dois minutos, nenhuma informação nova além da boa reação do mercado havia aparecido em meu radar. Cheguei à cobertura como um personagem de jogos de tiro que, baleado, estivesse com as vistas acinzentadas nas bordas. Durante o trajeto no elevador começou a chover, a água escorria em fios estreitos no blindex que circundava a área da piscina. O rapaz me recebeu bem, com um largo sorriso, *Nós fomos um sucesso enorme* e os dentes muito brancos dele rimaram com o drink leitoso que o barman o entregava. Bárbara estava sentada na borda da água, com pernas mergulhadas até a dobra dos joelhos, onde sua bermuda cáqui começava. Ela acenou sem indicar que eu deveria ir para lá, e eu permaneci ao lado do rapaz, que sugava a bebida branca por um canudinho. Pedi uma cerveja. Éramos novamente um grupo solitário na sala cinzenta e ampla, nós e os ecos das pequenas ondas provocadas pelo bater de pernas de Bárbara. Desabotoei a casa de cima da camisa e os punhos, sentei em uma cadeira com vista para a cidade. Vez por outra ela ficava bem visível, quando as paredes de chuva ficavam mais finas. Eu preferia os momentos em que ela desaparecia atrás das massas cor de neblina e dos traços transparentes que desciam da cobertura do andar. Acredito que tenha cochilado um pouco enquanto segurava a cerveja e via a chuva dançar na minha frente. Bárbara me chamou e disse que tinha ficado muito feliz pelo nosso trabalho junto, por tudo ter dado certo, e eu balancei a cabeça antes de responder, para afastar a vontade de dizer a verdade, ou seja, dizer que nós só viéramos passar alguns dias em um hotel enquanto os executivos de verdade faziam seu teatro. Eu disse entre os dentes que o trabalho fora realmente muito muito bom e que essa equipe tinha funcionado muito bem junta, e ela sorriu com os olhos quando ouviu isso, ao mesmo tempo em que uma auréola de suor se formava nas minhas axilas. *Acho que nós deveríamos propor que essa equipe atuasse mais*, complementei. Ela concordou com um aceno de cabeça e o barman a chamou, levantando do balcão um copo de caipirinha – aproveitei a deixa para voltar para minha cadeira.

Eu nunca fui um exímio nadador, e não gosto muito de nadar, ainda que não me oponha ou ofereça resistência caso seja convidado ou precise por algum motivo qualquer. Saltos como os que Bárbara deu, após tomar em um só gole a bebida, são movimentos que eu nunca fiz – uma corrida de dois passos como propulsão para um arco aberto, longo, e a inclinação primeiro das mãos esticadas em seta, depois da cabeça e dos ombros apontados para baixo e por fim a entrada com força de flecha do corpo na superfície da água ainda surpresa. O desaparecimento do corpo na água, o fim em um redemoinho engasgado, Bárbara reaparecendo na margem da piscina ao meu lado. Não vi quando ela ficou livre da bermuda, nem havia reparado que sua blusa era na verdade a metade de cima do maiô. O rapaz e o barman pareciam não ver a acrobacia e a reemergência dela, entretidos em uma conversa cada vez menos distante. Ela era branca em um tom diferente do branco de seu maiô, a combinação era bonita à luz fraca do fim de tarde. Uma vez eu vi na internet a paleta de cores de um filme que eu tinha certeza que era em preto e branco, a maior parte dos tons era azul e marrom. Provavelmente a piscina era azul e as cadeiras e a pedra da margem eram de cores muito diferentes, mas eu só via diferentes nuances de branco iridescente, tantas que chegavam até o negro concentrado. Do outro lado da piscina, ela me olhava e disse algo, cujo som me chegou abafado pela distração, mas acredito que chamava para mergulhar também. Respondi que não havia trazido calção, e fui impedido de continuar falando por um trovão da chuva que ficava mais forte do lado de fora e entrava assoviando pelas frestas do vidro em algum ponto da cobertura. Ela mergulhou novamente. Eu disse ao rapaz que estava voltando para o quarto e que, em caso de necessidade, me chamassem pelo número que havíamos recebido. Ele respondeu sem atenção antes de voltar para um assunto aparentemente muito divertido e interessante com o barman.

Tomei um banho desnecessário e comecei a trabalhar. Nos termos do contrato firmado algumas horas antes, a Arbiz Chemical receberia um influxo de recursos sem precedentes e nós tínhamos o excelente problema de lidar com dinheiro sobrando. Meu plano era não deixar que os recursos se traduzissem em carne de lagosta para todas as reuniões da diretoria ou em uma Bugatti nova para o Juninho. Uma possibilidade era expandir para novas áreas, como pesquisas e produtos nucleares, cujas maquinações aparentemente estavam, ou ainda estão, em curso. Enquanto terminava uma tabela, acompanhado por mais um show na televisão – um homem de trejeitos afetados tocando piano e cantando letras quilométricas –, meu celular vibrou. Corri a mão para o bolso com a pressa dos que foram condicionados, ainda que apenas nos últimos dias, a lembrar de que só pessoas com mensagens urgentes conheciam esse número. Era uma mensagem de Bárbara, *Cansou da piscina?* Li duas vezes antes de responder com um texto grande demais para um celular, equacionando profissionalismo e simpatia. Antes que eu guardasse de novo o telefone, mais uma. *Estava boa. Mas já desci também.* Respondi com um parêntese e dois pontos. A tabela, que antes das mensagens tinha apenas uma linha a ser preenchida, parecia a vista central de um panóptico, celas e celas a serem controladas por um olhar seco, anônimo. Presídio de números. Em uma célula, a cesta de Natal dos estagiários. Em outra, a qualidade do café no primeiro andar. Nova mensagem. *Eh 702 viu.* Essa mensagem saíra dos impulsos elétricos provocados pela digitação dela sobre a tela de polímero, fora convertida em sinais eletromagnéticos enviados para uma antena, de lá para uma central de decodificação, em seguida para um satélite, e dele para meu telefone, e Bárbara estava a seis ou sete metros de distância, separada por duas camadas de papel decorativo e uma parede de gesso de não mais de quinze centímetros de espessura. Imagino agora se deitada ou sentada. Na cama, é provável. Não respondi à mensagem e fechei o computador. Ainda chovia e provavelmente o caminho até a empresa, do outro lado da cidade e da garoa, estava alagado. Eu não tinha sono depois da tarde dormindo. Me levantei e passei a ver o fim do show de pé. O rapaz na televisão estava vestido de mulher, com um longo vestido vermelho, e cantava de forma derramada sobre o piano. Ouvi um som estranho, que não podia ser da música cristalina ou das batidas monótonas da água na janela. Abaixei o volume da televisão. Um som de algo pesado vinha do andar de cima, mas não era como se um objeto estivesse sendo arrastado ou, ainda, tivesse caído. Eram pancadas repetidas, sequenciais, em conjuntos de quatro batidas espaçadas por silêncios mais longos. Havia algo de metálico no barulho, como se os trancos fossem de pés de mesas de ferro. Emudeci a televisão. As batidas, após ter apurado os ouvidos, tinham dois momentos, como as pisadas de um cavalo, e apesar de me darem a impressão de algo muito pesado não faziam o quarto tremer. Uma nova mensagem fez o celular apitar, um ruído anêmico perto da gravidade das batidas lentas no andar de cima. Parecia que o objeto ou a pessoa que fazia o barulho andava pelo quarto de cima, ignorando a cama no centro e a mesa do canto. Subi na cadeira e encostei os dedos no teto, mas não senti qualquer vibração. O telefone do quarto, com sua linha direta para a recepção, pareceu uma saída para minha estupefação que beirava o medo, e eu estiquei o braço para alcança-lo quando veio o silêncio. O celular piou e eu tirei sua bateria. Eram duas e meia da manhã.

Na manhã seguinte, eu tomei café no salão de refeições do hotel. Era minha última chance de aproveitar o cachorro-quente, os ovos mexidos com bacon. Além de mim, um senhor muito idoso fazia sua primeira refeição – a dele consistia apenas em uma torrada e um copo de água, o que me deixou um pouco envergonhado dos pequenos morros de comida que eu levava em minha bandeja. Eu tinha a fome dos insones. Na entrada, o rapaz e Bárbara já estavam prontos para a volta quando eu cheguei. Ela tinha os cabelos molhados, escurecendo os ombros da camisa de seda. Foi um trajeto silencioso de volta à empresa, atravessando a cidade brumosa.

Na sede da empresa, o Doutor nos recebeu como um pai saudoso, de pé e radiante entre as árvores novas e lavadas pela chuva do dia anterior. Nos abraçou e disse que estava muito orgulhoso, *Vocês foram excelentes! Entraram para a história da empresa, meus queridos.* Acima dele estava a estátua do centauro, e o rosto do ser parecia tão cansado quanto eu. O Doutor nos disse que queria todos nós, os da equipe oficial e do backchanneling, para uma foto, nós marcaríamos uma ocasião apropriada para todos. Passei no escritório para chamar um táxi e fui para casa. Fiz força para não dormir ou passar mal no carro, cujo motorista tinha um sotaque curioso, africano, creio eu. Encontrei com a diarista na entrada do prédio. Segundo ela, Lúcia chegaria dali a dois dias, como de fato chegou. Os dois times, como o Doutor gostava de chamar os grupos que estiveram nas negociações, se reuniram um mês depois com alguns emissários japoneses para uma foto, hoje emoldurada e pendurada em um canto do escritório da presidência. Eu e o rapaz ficamos no lado esquerdo, Bárbara ficou no meio, ao lado de um senhor muito pequeno. Às vezes, nos encontramos pelos corredores e, da minha janela, vejo que ela gosta de lanchar no jardim. Não opinei sobre a próxima festa de fim de ano nas reuniões da diretoria.

Agradecimentos

À Editora Letramento – em especial ao Gustavo Abreu, sempre jovem, pela confiança em meu trabalho e pela parceria que ultrapassa a profissional.

Aos leitores de primeira hora que me ajudaram a chegar à forma final do livro – nominalmente Clarissa Verçosa, Selma Pimenta, Carlos Pimenta, Cedê Silva, Gabriela Corsino, Vinícius Oliveira e Duanne Ribeiro. Afinal, livros nunca ficam prontos, mas são abandonados pelos autores para a publicação.

Ao Caíque e ao Luiz, que têm paciência para me fazer pensar em literatura.

Gabriel Pimenta é belorizontino, atleticano e nasceu em 1987, sobrevivendo bravamente à era Sarney, ao inverno nuclear e aos riscos de morrer engasgado com bala Soft. Em suas horas vagas, dedica-se à docência universitária no campo das Relações Internacionais. Foi colunista do portal Multiverso Quântico, atualmente desativado. Em março de 2014, lançou *365 Mentiras*, seu primeiro livro, sucesso de público e crítica.

Contato: pimenta.gabriel@gmail.com

Um colofão deve se ater às informações essenciais como um soldado da razão técnica. Informar, por exemplo, que este livro foi impresso no Brasil – onde mesmo hoje a literatura parece uma desterrada em sua própria terra (mas há esperança). Deve declarar ainda que a impressão ocorreu em 2016, o inacreditável Ano Internacional das Leguminosas Secas. Melhor lembrar do centenário do verso de Yeats: *A terrible beauty is born*. Composta em fonte Minion Pro e papel Pólen, a obra que aqui termina ganha deste humilde colofão sentimental desejos de sorte.

Editora
LETRAMENTO
www.editoraletramento.com.br